KB116439

밤의 끝을 알리는

밤의 끝을 알리는

지은이 심규선
펴낸이 임상진
펴낸곳 (주)넥서스

초판1쇄 발행 2022년 6월 3일
초판5쇄 발행 2022년 6월 17일

출판신고 1992년 4월 3일 제311-2002-2호
10880 경기도 파주시 지목로 5
Tel (02)330-5500 Fax (02)330-5555

ISBN 979-11-6683-279-6 03810

www.nexusbook.com

밤의
끝을
알리는

심규선 에세이

Qrius

연
두
빛
사
과
한
알

　어린 시절에는 서른 살이 되면, 적어도 서른 살이나 그 언저리에라도 이르면 글을 쓸 수 있을 줄 알았다. 죄책감 없이, 자신의 무지와 방종을 스스로 드러내고 말 것이라는 두려움에서 약간은 자유로워진 채로 말이다.

　글을 쓴다는 일은 아무래도 고통스러운 일이 아닐 수 없다. 나를 비롯해 현대를 살아가는 우리 모두가 자기 안을 곁눈으로라도 들여다보게 되는 일을 막기 위해 얼마나 많은 방법으로 내부와의 차단을 시도하는지를 보면 알 수 있다. 진지해지기, 깊은 상념에 빠지기, 나 자신의 안을 내밀하게 관찰하고 심연을 들여다보기 같은 일들은 시도하는 그 순간부터 우리를 급격한 속도로 우울해지게 한다. 하지만 그런 일들은 모두 쓰기의 가장 기본적인 준비물이다. 그 과정을 건너뛰고 무언가 읽을 만한 가치가 있는 것을 써내기에 성공하는 방법이란 없어 보인다. 그러므로 나도 갖가지 핑계를 동원해 쓰기의 징집령에서 도망쳐 다녔다. 가장 좋은 핑계는 아직 충분한 나이에 이르지 않았다는, 더 나이를 먹어야만 한다는 값싼 변명이었다.

어린 내가 생각하기에 서른이라는 나이는 지루한 5,000m 달리기의 결승선에 펄럭이는 피니시 라인과도 같은 상징이었다. 그때가 되면 어지간한 혼란은 모두 잠재워져 있을 것이며 어떤 방향으로든 '뭐라도' 결정되어 있을 것이라는 믿음이 있었다. 하지만 내가 실제로 겪은 서른은 마치 어딘가의 경계에 끼어버린 듯한 느낌이었다. 더 이상 어리지는 않지만 다 늙어버린 것도 아닌. 순진무구함은 간신히 벗겨냈지만 그렇다고 그리 완숙하지도 않은.

일단 서른이 되고 나면 바깥에서의 기류가 현격히 달라진다. 이십 대에는 저지르고도 등 두드림 몇 번과 함께 용서받을 수 있었던 일이나 저지르지 못한 이유로도 등 두드림을 받을 수 있었던 일들이 모두 비난이나 우려의 시선으로 변한다. 문제는 가장 강렬한 시선이 바로 자기 내부에 있다는 것이다. 우리는 스스로를 재단하고 평가하기 시작한다. 자기 스스로 무의식중에 내려주었던 유예기간을 어느새 넘겨버렸다는 것을 알기 때문이다. 그래서 우리의 서른 살은 언제나 혼돈 그 자체다. 그 상태로 이리저리 휘청댈 만큼의 강한 풍속은 줄곧 유지되며, 뭐라도 붙잡으려고 애쓰는 동안 또 수년 정도가 홀연히 흘러가버린다.

자, 그렇게 된 것이다. 엉겁결에 서른 살을 달성하고도 몇 년이나 더 지난 어느 날, 나는 내가 이뤄냈거나 혹은 실패했다고 믿는 일들의 열거 앞에서 갑자기 쨍그랑 하는 소리와 함께 깨닫게 되었다. 내가 아직도 글을 전혀 쓰고 있지 않다는 것을.

생각해보면 나는 어린 시절 내내 노래를 쓰는 것만큼이나 글을 쓰는 것 역시 내 운명의 한 조각이라고 믿어왔던 듯하다. 비록 나의 재능이 충분치 않고 박힌 심지가 그리 올곧지 못해도 언젠가는 그래야 한다고 알고 있었다. 그 이유는 무엇이었을까? 누군가 그러라고 한 사람도 없었거니와 딱히 그래야 하는 이유도 없는데 말이다. 나는 감사하게도 음악가로서의 삶으로 나의 생활을 지탱하고 있고 글쓰기에 투신해도 좋을 만큼 이렇다 할 글재주를 가지지도 못했지만, 늘 문제가 되는 불꽃을 하나 가지고 있었다. 그 불꽃은 성냥 한 개비만 한 주제에 놀랄 만큼 탐욕스러우며 다 타고 나면 고운 재로, 고운 재에서 다시 불꽃이 되기를 수없이 반복하는 중에 있다. 나는 쥔 부지깽이 하나 없는 그 불꽃의 관리자다. 불은 꺼져서도, 너무 활활 타올라서도 안 된다.

불꽃은 내가 읽은 글들을 모두 살라 집어삼키고도 계속 배고프다고, 더 많은 것을 요구한다. 급기야는 타인의 문장뿐 아니라 나의 것을, 거기 등 뒤에 숨겨놓은 부끄러운 낱말들까지도 전부 내놓으라고 한다. 그게 남 보이기에 낯 뜨겁거나 한심할 만큼 어설플지라도 별 상관없다는 듯이. 나는 또 쩔쩔매기 시작한다. 가사에서 드러낼 수 있는 정도가 어쩌면 나의 한계일진대, 어떻게 해야 할까? 내가 과연 무언가를, 과연 쓸 수 있을까?

십 대에 박완서 님과 피천득 님의 수필을 접한 이후로, 나는 노인기까지 생존한 작가들과 그들의 글 사이에 성립하는 어떤 모순성을 숭배했다. 그것은 회갈빛 재 속에서 피어난 초엽처럼 경이로웠으나 동시에 한없이 평범하였고, 그런 평범함 속에 깃들어 있는 비범함으로 반짝이기 때문에 대조적으로 더욱 초연한 빛을 발하는 것처럼 보였다. 생의 황혼기에 다다른 예술가들이 인생 전체를 바쳐 비로소 소유하게 된 힘과 부드러움에, 어린 나는 기쁘게 굴복했던 것이다. 시대와 삶이 한 개인의 인생에 내린 숙제를 전부 마친 사람만이 그 빛나는 것들을 가질 수 있다고 믿었다. 그리하여 나의 예술가적 목표는 곧 '최대한 생존하기'로 바뀌었다. 충분한 시간만큼 살아 있으면 언젠가는 좋은 것을 쓸 수 있게 될지도 모른다고, 자신의 용기 없음을 비난하는 내부의 목소리에 대해 강하게 항변할 구실로 삼으면서.

동경은 옳고 그름을 정확히 구분하려 들었던 이분법적인 내 어린 시절의 고집 속에서 굳건한 경계석이 되어 늘 거기 있었다. 쓰기에 대한 꿈은 아름다웠으나 늘 내 키보다 까마득히 더 높게 뻗어 있는 담장이었다. 감히 올려다보기에도 무안할 만큼, 너무나 아름답지만 너무 높은 벽처럼 말이다.

나는 그 벽에 다가가지 못했다. 가장 가까이 다가갔을 때도 결국은 주춤거리다가 다시 뒤로 크게 물러서곤 했던 것이다. 우리는 우리가 지극히 사랑하는 높은 이상을 경외시한다. 아마 누구에게나 그런 무엇이 있거나, 혹은 있었을 것이다. 너무 소중하기 때문에 감히 만질 수도 없는 보물처럼. 그것을 건드렸다가 흠집을 입힐 바에는 작은 유리관 속에 넣어두고 평생 바라만 보더라도 간직만 하는 편이 어쩌면 더 나을지 모른다는 생각이 들 정도로. 소중하고 연약한. 그러나 더 연약한 쪽은 언제나 나 자신이었을 것이다. 꿈은 품에서 떨어트리더라도 파열음을 내지 않는다. 그것은 부서지는 종류가 아니기 때문이다. 눈치도 채지 못하는 사이에 시간은 흘러만 갔다.

나의 도망침은 내 십 대와 이십 대 전체를 통해 불규칙하고 연쇄적으로 일어나곤 했다. 내가 노래를 쓰느라고 내부를 들여다보는 동안, 혹은 그 안을 샅샅이 훑고 뒤지는 동안 일어나곤 했던 도망친 꿈과의 조우는 그 즉시 새로운 도망침을 부추겼다. 그 이유는 명백했다. 아마도 설익었을 것이 분명한 내 안이 부끄러웠던 것이다. 아니면 미숙한 나의 상태를 스스로 마주하는 걸 견딜 수 없었기 때문일지도 모른다. 그러한 고통에 대한 변명으로 글이 부족한 것은 아직 '충분한 나이에 이르지 못했기 때문'이라고 나는 참 오래 되뇌었다. '충분히 아름다운 이야기들을 쓸 수 있을 만큼 충분한 삶을 살아보지 못했다'라고 중얼거리면서. 그렇다면 충분한 삶은 어디에 있었을까? 어린 시절 처음 운율이 있는 짧은 시 비슷한 것을 짓고 나서, 나는 꼭 쓰는 사람이 되겠다고 결심한 이후부터 몇십 년의 세월이 흐르는 동안 '충분한 삶'은 줄곧 나와 다른 곳에 있었던 것일까?

　　나의 두려움 때문에 수많은 문장과 글감이 내 머릿속 재판소에서 기각되거나 즉결 심판되었다. 가까스로 풀려난 시상들은 스스로 날아가서 노랫말이 되었다. 글쓰기에 맞닥뜨릴 때마다 나는 참 편리하고 쉽게 돌아서 갔다. 그렇게 이리저리 휘감기며 흘러도 시간은 1초도 틀림이 없었다. 현재에 이른 것이다.

서른이 훌쩍 넘어버린 지금, 서른이 되었을 때 내가 어떻게 살고 있었는지조차 이제 잘 생각이 나지 않는다. 아마 노래를 하고 있었을 거라고 더듬더듬 유추할 뿐. 대단히 특별한 일 몇 가지를 제외하고는 과거에 있었던 일들을 잘 기억해내지 못한다. 기록해둔 노래들이 아니라면 나는 흩어져가는 기억 속에서 별수 없이 그냥저냥 살았을 것이다. 다행스럽게도 기억할 만한 가치가 있는 모든 것은 그 시절에 태어난 노래들 속에 단단히 새겨져 있다. 그래서 노래를 들으면 기억 속 영사기에서 어떤 장면들이 타르르르 낡은 소리를 내며 펼쳐지기도 하는 것이다. 내가 어디에 있었고, 누구와 함께 있었으며, 무슨 꿈을 꾸었고, 무엇으로 살고 있었는지가. 그나마도 써두지 않았다면 나는 어떻게 어제를 기억했을까? 어제를 기억할 수 없다면, 어떻게 내가 어제와 달라졌는지를 알 수 있었을까?

나의 지난 노래들에서는 대부분 설익고 덜 여문 풋내가 풍긴다. 마치 한 입 베어 물면 떫고 쌉싸름한 향기로 입안을 가득 채우는, 연둣빛 사과 한 알처럼 말이다. 그러나 그 풋사과의 시고 푸른 맛을 우리는 차마 잊지 못한다. 우리 모두는 바로 그런 설익은 맛의 기억과 같은 특징들 때문에 지나간 시간을 그리워하고 애틋해하고 뒤늦게는 용서도 하는 것이다. 거기에는 훌륭한지 그렇지 못한지를 따지는 기준이 필요 없다. 마치 풋사과처럼, 그 당시의 현재에 이미 그 자체로 충분하기 때문에.

나는 왜 자신의 설익음에 대해서 그토록 너그럽지 못했을까? 그 파아란 설익음이 존재하여서 붉은 농익음도 있다는 걸 무시하면서. 지금은 내가 왜 완전해지기를 기다렸는지도, 어떻게 완전해질 수 있다고 믿을 수 있었는지도 모르겠다. 시간은 우리의 눈앞에서 손등 위에 내린 눈송이처럼 금세 녹아 없어져버릴 것이기에, 만약 내 인생에서 어떠한 일을 언젠가 반드시 하겠노라 한다면 오늘이 바로 그날일지도 모른다.

그래서 나는 스스로에게 이제부터는 달리 말하기로 한다. '지금'이 바로 '글을 쓸 때', '그 일을 저지를 때'라고. 어설프고 풋내 나는 글일지라도 종종 써보려 한다. 나의 새파란 설익음을 당신과 함께 나눴으면 한다.

intro 연둣빛 사과 한 알 ⋯ 4

Track 01 la pluie ⋯ 14

Track 02 밤의 끝을 알리는 ⋯ 26

Track 03 시내 ⋯ 31

Track 04 무명의 발견 ⋯ 42

Track 05 콤플렉스가 만들어낸 멋진 것 ⋯ 56

Track 06 수피 ⋯ 64

Track 07 나의 외계 ⋯ 71

Track 08 생존자에게서 온 편지 ⋯ 82

Track 09 둥지 짓는 새 ⋯ 89

Track 10 밤의 정원 ⋯ 98

Track 11 우리는 언젠가 틀림없이 죽어요 … 106

Track 12 누더기를 걸친 노래 … 118

Track 13 소로 … 128

Track 14 무지개의 끝 … 137

Track 15 눈과 눈에 대한 고찰 … 146

Special Track 【소설】 바다 위의 두 사람 … 155

outro 쓰고 부르는 사람 … 226

la pluie

내일부터 비가 내릴 것이고 앞으로 사흘 내내 올 것이므로 초여름 땡볕에 축축 처진 수국 잎사귀들을 그대로 두고 말린다. 모른 척 두고 보기가 영 불편하지만 조금만 힘내라고 마음속으로 덧붙여둔다. 오늘 물을 축이면 당장은 숙인 고개를 들겠지만 젖은 흙에 장맛비까지 더해지면 과습으로 뿌리가 견디기 힘들 것이다. 지난날 식물에 대해 아무것도 모를 때, 그저 예쁘다고 매일 물을 주다 과습으로 죽인 식물이 어디 한두 그루였던가. 잎이 좀 처진다고 식물이 죽지는 않지만 뿌리가 썩으면 돌이킬 수 없다. 중요한 것은 언제나 눈에 보이는 꽃잎보다 흙 속에 감춰져 있는 뿌리이므로.

나는 기록적인 폭우가 내리던 한여름의 어느 낮에 태어났다. 앞으로 영원히 보호자이자 아버지가 된 스물여섯 살의 앳된 청년은 병원 복도를 가로질러 달리면서 마주치는 모든 사람을 붙잡고 감사하다고 외쳤다고 한다. 앞이 보이지 않는 폭우를 뚫고 근처의 유아용품 가게로 달려 들어가서 여자아이에게 안겨줄 만한 작은 인형을 급히 집어 든 그는 다시 병원으로 뛰어들면서 그만 빗물에 미끄러져 크게 반원을 그리며 뒤로 나자빠졌다고 한다. 그런데 바닥에 쓰러진 채로 계속 웃고 또 웃었다고 한다. 너무나 기뻤기에, 아픈 줄도 몰랐다 한다.

아빠는 여름이든 겨울이든 폭우가 내릴 때마다 이 이야기를 하고 또 하신다. 그래서 나는 마치 극장에 앉아 스크린으로 지켜본 것처럼 나의 탄생일에 대한 이야기들을 떠올릴 수 있다. 큰 비와 함께 태어난 딸아이는 이제 어른이 되고 점점 나이 먹어가는데, 여름비는 몇십 년의 세월을 우습게 거슬러 올라 나와 아빠를 언제나 그 순간에 데려다 놓는다.

내가 자라는 동안 우리 부녀는 함께 살지 못했다. 기억나지 않는 갓난아이 시절을 제외하고는 부모의 품에서 지내본 적이 없기에, 추억할 만한 거리도 없고 어리광 같은 것도 모르는 채로 컸다. 아빠는 늘 멀지 않은 곳에 있었지만, 내가 그리워한다고 해서 마음대로 함께 시간을 보낼 수 있는 건 아니었다. 그러다 우리 부녀가 처음으로 여러 달 동안 24시간 함께 지낼 수 있게 된 사건이 일어났다. 내가 교통사고를 당한 것이다.

열일곱 살이 되던 해 봄, 나는 고등학교 입학식을 며칠 앞두고 신호를 무시한 채 달려온 트럭에 머리부터 받혔다. 뇌 내출혈이 일어나 두개골을 여는 큰 수술을 받게 되었고 수술 직전 잠시 깨어났을 때는 누군가가 내 머리를 삭발하고 있었다. 마취에서 깨 서서히 정신이 돌아올 때는 침대에 눕혀진 채로 수술실에서 밀려 나오고 있었는데, 저 멀리 복도 끝에서 달려오는 아빠의 모습이 보였다. 열세 시간 내내 우셨는지 퉁퉁 부은 얼굴이 엉망진창이었다. 막 수술을 마친 내 뇌는 그 즉시 용감하고 다정한 방식으로 작동했다. 누운 채로 챔피언처럼 두 손을 맞잡고 허공에 마구 흔들어 보인 것이다. 그 행동으로 내가 전하고 싶은 말은 아마도 이러한 뜻이었을 것이다.

'딸은 싸웠고 살아남았어. 이제 안심해도 돼. 싸움은 끝났어, 아빠.'

아빠는 온통 젖은 얼굴로 다가와서 까불고 있다며 내 어깨를 퍽 하고 치셨다. 간호사와 의사들이 일순 기겁을 하며 아빠를 말렸다.

"아버님, 그러시면 안 됩니다! 아버님!"

우리는 킬킬 웃었고 나는 곧바로 기절하듯 다시 잠들어버
렸다.

열일곱 살의 나는 수술 자체가 끝이 아니라 사실은 그 이튿날
부터 진짜 전투가 시작된다는 걸 배우게 되었다. 며칠이 지나도
록 미음 한 숟갈도 삼키지 못했고 잠시 앉아 있는 것도 불가능했
다. 머리는 항상 붕대로 두껍게 칭칭 감겨 있었는데 미간 위로는
아무런 감각이 없었다. 내 코끝에서는 늘 소독약 냄새가 진동을
했다. 매일 혈관으로 투여되는 항생제는 너무 독해서 맞는 순간
온몸의 구멍이 뜨끈해지고 입과 코에서도 내내 약품 맛이 맴돌
았다.

아빠는 절대로 거울을 보여주지 않으셨다. 나는 진통 주사를
더 놔달라는 말만 겨우 할 정도로 쇠약해진 채 고통과 싸우는 몇
주를 보냈다. 그때 얄궂게도 병실 창밖의 오래된 벚나무가 만개
하여 창 너머 세상으로 하얀 꽃비가 펄펄 내렸다. 침대 머리맡에
는 벚꽃 속보다 더 붉은색으로 쓰인 '절대 안정'이라는 팻말이
늘 내걸려 있었다. 마치 그게 내 이름표라도 되는 양 말이다.

내가 다친 뇌의 부분은 언어능력을 관장하는 영역이라고 했
다. 같은 부분을 다쳐 함께 입원실을 쓰고 있었던 예닐곱 살의

작은 꼬마 친구는 말하고 쓰는 법을 잊어버려 재활치료를 받고 있었다. 회복되려면 오랜 시간이 필요하다고도 했다. 나는 사고 전과 다름없이 말할 수 있었고, 재활치료를 받아야 하는 일까지는 생기지 않았다. 매일 하얀 가운을 입은 의사 선생님과 간호사 언니들이 내 머리를 조여 맨 붕대를 새것으로 갈아주고, 회진을 돌 때마다 나를 면밀하게 살펴주었다.

"수술은 성공적입니다. 경과도 좋습니다."

그런데도 나는 너무너무 아파서 차라리 정신을 잃고 싶을 정도였다. 눈을 뜨면 너무 아프다고, 모르핀 주사를 놔달라고 애원하는 것이 내가 할 수 있는 말의 전부였다. 그렇게 또 침대 위에서의 몇 주가 흐리게 지나갔다. 그래도 시간은 지나갔다.

아빠에게는 유머가 있었다. 기질이 호쾌하고 천성이 다정한 아빠에게는 언제 어디서나 주변 사람들을 웃게 하는 특별한 무엇이 있었다. 오늘 조용하면 내일은 곡소리가 나는 대학병원의 입원 병동에서도 아빠는 만나는 모든 사람이 한 번쯤은 웃음을 짓도록 만들어주었다. 처음 보는 사람이나 오랜 병간호에 지친 사람, 간호사나 환자 가릴 것 없이 아빠는 언제나 말을 건넸다. 마치 그렇게 하는 게 당연하다는 듯이 늘 사람들에게 먼저 말을 건넸다. 누구나 아빠에게 쉽게 경계를 풀었고 그런 재능이 없었던 나는 그 모든 게 참 신기했다. 죽음과 고통으로 마비된 병동에서도 아빠 주위로 따뜻한 공기가 감도는 것 말이다. 아마 그러한 능력은 지나치는 사람 모두를 '한 사람'으로 보는 감각에서 비롯되는 것 같다.

'토요일 특식'이라는 게 있었다. 간이 없어 밍밍한 매일의 병원식 대신 일반식을 먹을 수 있게 해준 병원 측의 배려 같은 것이었다. 우리 부녀에게는 대단한 이벤트였다. 왜냐면 돈가스 또는 자장면 같은 식으로 둘 중 하나를 선택할 수 있었는데, 아빠가 결코 양보해주지 않아서 늘 가위바위보를 해야만 했기 때문이다. 일주일 동안 기다린, 토요일에 단 한 번만 먹을 수 있는 '맛'이 있는 음식을 위해 펼치는 운명의 승부였다. 어찌나 떠들썩했던지 다른 병실의 환자들과 그들의 보호자들과 간호사 언니들도 와서 웃으며 구경을 할 정도였다.

그때는 아빠가 왜 아픈 나에게 그냥 양보해주지 않는지, 왜 항상 내가 먹고 싶다고 한 것과 다른 메뉴를 주장하는지를 이상하게 생각하지 못했다. 그냥 재미있었다. 그러자 없던 활기도 슬그머니 생겨났다.

아빠는 나를 너무나 평소처럼, 마치 전혀 아프지 않은 아이처럼 대했다. 절대 안정이 내 이름표이고, 의사 선생님과 간호사분들도 모두 나를 손안의 새끼 새처럼 대하는데 말이다. 아빠는 나를 툭 치거나 쓱 밀거나 부아가 날 때까지 놀려대거나 심지어는 내리막 복도에서 내가 타고 있던 휠체어를 놔버리기도 했다. (그때 나는 막 닫히고 있던 엘리베이터 문 사이에 끼면서 정지했다.)

어린 마음에 아빠가 날 막 대하는 모습을 보니 내 상태가 썩 괜찮은가 보다, 하고 자연스레 생각하게 되었다. 내 상태가 중하다면 부모로서 이렇게 막 대하지는 못할 것이 아닌가? 그러다 보니 한번 일어나서 걸어볼까, 벽을 짚고 혼자 화장실에 갈 수 있을까 하는 도전 의식도 조금씩 생겨났다. 아빠는 내가 '아프다'라는 인식에 사로잡히도록 내버려두지 않았다. 끊임없이 짓궂은 장난을 걸어왔고 그 때문에 '아프다는 인식의 병실'에서만큼은 비교적 빨리 벗어나게 되었다. 그로부터 몇 주가 더 지나자 '복도를 뛰어다닐 정도로 건강하다'는 이유로 병원에서 쫓겨나게 되었다. 심지어 입원하기 전보다 더 통통하게 살이 올라 보기 좋아진 두 볼을 하고서 말이다. 두상 전체를 가로지르는 엄청난 흉터를 얻었고 가발을 쓰긴 했지만, 초여름이 되기 전 학교도 다시 다니게 되었다.

장마의 시작이 예고되었고 신선한 비 내음이 내가 사는 골목

과 마을 어귀를 달큼하게 감싸고 돈다. 아끼는 수국과 야생화 포기들이 목이 말라 축축 처진 것을 보고도 물을 주지 않으려 참는 마음이 쉽지 않다. 비에 꺾이지 않도록 수형을 잡아주고 상한 잎도 골라내준다. 그래도 물은 주지 않는다. 뿌리가 과습하면 꽃도 줄기도 전부 잃는다.

내가 입원해 있던 시절, 아빠는 한 달이 넘어가도록 절대 거울을 보여주지 않으셨다. 조르고 졸라 겨우 거울을 한 번 보게 되었을 때, 거기에 비친 내 얼굴은 콰지모도나 프랑켄슈타인, 아니면 그 둘을 더 끔찍하게 합쳐놓은 것처럼 못 볼 꼴이 되어 있었다. 머리를 수술했으니 얼굴 전체가 퉁퉁 부어올라 엉겨 붙은 피딱지와 함께 잔뜩 일그러진 채였는데, 붕대 아래로 불거져 있는 것들이 절대 열일곱 살 여자아이의 얼굴처럼은 보이지 않았다.

나는 사고 당시보다 더 충격을 받아 눈물만 줄줄 흘리고 있었다. 그때는 다시 예전의 평범한 모습으로 돌아갈 것이라는 보장도 없었다. 솔직히 말하면, 그때의 어린 나는 보통 여자로서의 내 인생이 다 끝난 줄 알았다. 기가 막혀 눈물만 짜고 있던 나에게 아빠는 슬며시 '많이 좋아진 것'이라고 했다. 그럼 한 달 전에는 대체 어땠다는 말인가? 아빠는 꽃 같은 나이 대 딸아이의 처참하게 망가진 얼굴을 보면서도 늘 웃고, 쉴 틈 없이 장난을 걸며 일말의 내색 없이 그저 견뎌오신 것이다.

꽃과 줄기가 상해 끔찍한 몰골이 되었어도, 오직 나의 뿌리를 되살리려. 아빠는 내 정신을 계속 붙잡고 있어 주신 것이다. 다시 예전으로 돌아갈 수 있을지 아무도 확답해주지 못하는 상태에서도 아무 일 없었던 것처럼 나를 대하고, 제 스스로 굳센 마음을 먹을 수 있도록. 우울함과 눈물로 질척해진 땅을 농담과 장난으로 부지런히 불어 말리면서.

당신이 만약 내 콘서트에 온 적이 있다면 나의 아빠를 만난 적이 있을지도 모르겠다. 그는 로비에 서서 모든 사람을 맞이하면서 한 사람 한 사람의 얼굴과 이름을 전부 외우고자 한다. 몰래 포스터 같은 걸 빼돌려 주거나 나 대신 본인의 사인을 해준다거나 왜 이렇게 일찍 왔느냐 배 안 고프냐고 다그치신 뒤에 뮤지션 대기실에 놓인 간식들을 가져와서 나눠 먹자며 슬그머니 내민다거나, 혹은 당신과 담배 한 대를 같이 태우기 위해 꽤 긴 거리를 함께 산책하기도 한다. (지금은 금연에 성공하신 상태이다.) 당신이 자신의 이야기를 하면, 그는 분명 눈물을 조금 글썽이면서 굳은살 박인 큰 손으로 당신의 등을 퍽퍽 소리 나게 두드려주었을 것이다. 아빠는 한 번이라도 만난 적 있는 나의 팬이라면 무서울 정도로 전부 기억하고는, 대기실에 십여 분 주기로 찾아와 오늘은 누가 왔고, 어떤 옷을 입고 왔는지, 어디쯤에 앉아 있는지, 그리고 함께 서서 무슨 이야기를 나눴는지를 끊임없이 나에게 전해주신다. 아빠는 병원에서 그렇게 하셨던 것처럼 우리 모두를 '한 사람'으로 보고 있는 것이다. 그렇게 고마워하시는 모습을 본 적이 없다.

이제 장마의 시작을 알리는 장대비가 내리기 시작하면 아빠는 또 내가 태어난 날 이야기를 버릇처럼 시작하실 것이다. 비가 한차례 시원하게 내리고 나면 내 꽃들도 고개를 들고, 나도 내린 비만큼 더 깊이 뿌리를 뻗을 것이다.

나는 가끔 내가 사랑하는 이의 꽃과 줄기만을 쳐다보고 있지는 않았나 생각해본다. 아니면 그가 고개 숙이고 아플 때, 억지로라도 당장 일으키겠노라며 청하지도 않은 마음을 나 좋다고 내리붓지는 않았는지 생각해본다. 사랑은 오직 주는 것만이 아니라 주고 싶은 마음을 참을 줄도 알아야 하고, 때로는 마음과 정반대되는 행동도 할 수 있어야지만 되는 복잡한 능력이다. 그렇게 미묘하고 이상해 보이는 일도 척척 해낼 수 있어야만 비로소 부모가 된다.

우리의 젖은 뿌리를 잘 마른 흙처럼 부드럽게 감싸줄 수 있는

노래들을 생각한다. 비 내음이 난다. 아빠를 생각한다. 나도 내
수국처럼 약간은 목이 마른 채로, 이제부터 내내 내릴 장맛비를
기다릴 것이다.

밤의 끝을 알리는

나는 2, 3년에 한 번씩은 꼭 이사를 다녔다. 갓 상경했을 때는 가난해서 그랬고, 나중에는 방을 한 칸씩 더 늘리려고 그랬고, 지금에 이르러서는 어째서인지 아예 이사를 좋아하게 돼버렸 다. 집 전체를 챙겨 들고 떠나는 여행처럼 말이다. 파도 소리와 갯내에서 멀어진 타향살이는 이러나저러나 어차피 나그네의 여정인 것. 새로운 지역에 짐을 풀고 인근의 골목과 가게들을, 새로운 숲과 강변을 샅샅이 살피는 것을 좋아한다. 그렇게 마음 속에 지도를 그리며 또 한 뼘 넓혀가는 것이다. '살아보았다'는 말은 대단히 친밀한 관계성을 내포하는 말인 듯하다. 사람이 제 다리로 걸어서 다녀볼 수 있는 크기의 작은 세상을 하나씩 더 알아가는 것이 멋지게 느껴진다. 이러한 방식으로 내가 기억하게 된 여러 도시와 거리 곳곳에는 모두 다른 향취와 소리, 빛과 사람들과 그늘이 있었다. 나는 그런 감각을 떠올리는 게 좋다. 나의 삶이 마치 순례나 여정처럼 느껴지기 때문이다. 그래서 젊은 시절 동안 할 수 있다면 최대한 많은 지역에 살아보고 싶은 욕심이 있다.

3월이면 살게 된 지 1년을 맞게 되는 이곳은 제법 한적하고 도처에 철새가 많다. 처음 이 지역을 둘러보러 왔을 때 하늘이 너른 것을 보고 약한 충격을 느꼈던 기억이 난다. 난개발된 복잡한 구도심과는 다르게, 이곳에서는 아직 사람이 자연의 것을 덜 빼앗은 이유 덕분이다. 하늘이 넓고 크므로 올려다볼 때마다 매번 다른 새들의 날갯짓을 볼 수 있었다. 지금도 그러한 장면을 목격할 때면 나는 하고 있던 일을 잠시 잊을 정도로 새들의 비행하는 모습에 도취되곤 한다. 날아가는 새의 하얀 배를 목격하는 순간은 몹시 즐겁다. 나는 새가 시야에서 사라질 때까지 몇 초쯤 멍하니 서 있다가, 뒤늦게야 '쇠기러기!', '논병아리!' 하며 떠오르는 이름을 외쳐본다. 이름을 맞힌다고 새들이 뒤돌아봐줄 리도 없는데, 여기 잠시 살다 때가 되면 또 어디론가 떠날 것이라는 점에서 미묘한 동질감을 느끼기도 하는 것이다.

봄철에 이사를 와서 블루베리 나무를 각기 다른 수종으로 몇 그루 취미 삼아 키웠는데, 직박구리 한 쌍이 봄부터 가을까지 여러 계절에 걸쳐 우리 집에 매일 드나들었다. 그러면서 비로소 알게 된 사실은, 직박구리들이 잘 익은 블루베리를 정말로 좋아한다는 사실이다! 매일 같은 시간에 날아와서 열매가 얼마나 익었는지 가지 사이를 헤집으며 확인을 하고 갈 정도이니 말이다. 동면을 마친 가지 끝에서 이제 티끌 같은 봉오리가 맺히기 시작했으니, 희고 작은 꽃들이 만발할 때쯤에는 한 쌍의 직박구리를 다시 보게 될 것이다. 작은 열매가 윤기 도는 검은빛으로 반짝이는 계절에 이르면, 함께 나눠 먹기에 충분할 만큼 올해도 풍작이기를 바란다. 직박구리를 기다린다.

단비가 내린다. 내가 사는 반경의 하늘을 낙하하는 빗방울들이 무수히 메운다. 하루 꼬박 비가 내리자 나는 문득 그 많은 들새가 모두 제 몸 숨길 곳은 찾았는지 주제넘은 걱정도 한다. 홀딱 젖은 제 날개깃도 미처 다 고르지 못해놓고선 말이다.

우리 모두는 혼자 나는 새처럼 각자의 외로움을 업고 나아간다. 그 외로움이 타인이 나에게 가한 것이든 스스로 선택한 것이든 관계없이. 중요한 것은 어쩔 수 없이 맞닥뜨리는 생의 어두운 면들을 제물로 하여 무언가 빛나는 것을 맞교환해내는 일이다.

삶의 빈 곳은 그러한 노력들로 처음부터 끝까지 전부 메꿔 넣을 수 있다. 공허한 만큼 채울 수 있다. 비어 있는 만큼 더 가질 수 있다.

너무 일찍 일어났거나 혹은 완전히 지새운 날 새벽이면 나는 안개처럼 켜켜이 깔린 어둠 속에서 노랫소리가 들려오길 기다린다. 가장 일찍 일어난 새 한 마리가 노래하면 곧 두세 마리가 따라서 지저귀기 시작하고 이내 열 마리, 스무 마리가 화답하듯 깨어나서 다 함께 아침이 도래한 소식을 온 마을과 집집들에 빠짐없이 전한다. 새들은 수풀과 둥지 속에서 서로 부둥킨 채 잠이 들고 매일 아침이면 노래와 노래로 서로를 엮어 깨운다. 그럴 때면 나는 종종 사람인 우리도, 각자의 어둠 속에서 서로를 깨워줄 수 있지 않을까 하는 기대를 품고 일어나게 된다.

두 팔을 벌렸을 때 의심 없이 와락 안겨오던, 서로를 끌어안고 같은 이유로 동시에 울컥하던, 나에게도 품에 안아 재우고픈 그런 작은 새들이 있다. 나는 그들을 위해 노래도 하고 글도 쓰고 부족한 재주를 짜내며 무던히도 계속 무언가를 전하려 한다. 어두운 시간은 다 지나고 녹음 짙푸른 아침이 온다고. 이제 지저귀고 날아오르라고, 세상에 나가 너의 것들을 찾으라고. 그러나 정작 내가 노래하며 건네는 말들은 아직도 무수한 밤을 견뎌달라는 모진 부탁일 때가 많다.

낱낱이 내 것이었으며 의심할 바 없이 너의 것이었던 우리의 날들을 다시 되돌려 받으려면 이제 앞으로 얼마나 더 남았을까? 나는 가만히 어둠을 노려보면서 단지 깨어 있기 위해 애써보기로 한다. 그리하여 어슴푸레하게 밝아드는 어느 평범한 아침이 오면 서로 부둥킨 나의 작은 새들에게 밤의 끝을 알리는, 첫 노래가 되어줄 수 있었으면 한다.

시내

처음 진단을 받은 건 근 10년 전쯤이다. 이십 대 중반의 나는 극심한 공황 증세를 겪고 있었다. 〈Light & Shade Chapter. 1〉을 만들 때 첫 증상이 시작됐다. 주로 한밤중에 불안이 꼬리 물며 갑자기 들이닥쳤다. 며칠씩 잠에 들지 못하기 일쑤였고 오래 뒤척일 때면 약속처럼 호흡곤란이 왔다. 손발이 떨리고 다리에는 발작처럼 경련도 일었다. 온몸에서 피가 다 빠져나가는 것 같았다. 그때부터 호흡이 의식되기 시작한다. 곧 숨을 들이마시는 게 어려워지면서 거위처럼 꺽꺽대기 시작하면 삽시간에 공포에 질려버린다. 누군가 내 등을 두드려주지 않으면 곧 질식할 것 같다는 인식과 더불어 심장이 미친 듯이 방망이질 치기 시작한다.

이성은 날아가고 인식 속에 수몰한다.

　죽고 싶다거나 죽을 것 같다가 아닌, '죽는다'는 쇼크에 사로잡힌다. 이성을 유지하는 것이 불가능하고 뇌에서는 불길한 사이렌 소리만 울린다. '나. 지금. 죽는다'라는 느낌 외에는 아무것도 떠올릴 수 없다. 새카맣게 요동치는 무아레(moiré), 앞도 뒤도 분간할 수 없는 좁은 틈에 갇힌다. 시간은 거의 멈춘 듯 1,000분의 1초 단위로 흐른다.

　공황장애가 어떤 것인가에 대해서는 도저히 설명할 길이 없다. 약물과 상담을 포함하여 여러 가지 적절한 치료법에 기대봤지만 증상은 결코 사라지지 않았다. 어느 날 밤에는 졸피뎀 성분이 포함된 수면제를 먹었다가 생생한 환각 체험을 했고, 이튿날 밤새 헛소리를 했다는 걸 전혀 기억하지 못하는 데에 충격을 받아 약을 찾아낸 뒤 전부 쓰레기통에 버렸다. 그러고 보니 선배들이 정신과 약에 그만 기대기 위해서 명상을 시작했다거나 자기 전에 독한 증류주를 마신다는 둥의 이야기들을 언뜻언뜻 들었던 기억이 났다.

　아마도 내가 이 일을 하는 동안에는 이 증상들 역시 내 곁에서 계속 함께 살아가게 될지도 모른다. 그러나 너무 걱정 말기를. 나는 결국 물이 차오를 때 헤엄치는 법을 배웠다. 지금은 수

년에 걸쳐 체득한 방법들로 자신을 돌본다. 요가와 흙투성이의 정원 일을 하고, 향초를 켠 채 긴 목욕을 하고, 인구수보다 녹지 비율이 높은 곳에 살고, 긴 시간 햇볕을 쬐는 것이다. 여러 분야의 책들에 심취하는 것도 도움이 된다. 그러나 가장 중요한 것은 마음을 보듬는 일이다. 자신에게 더 자비로워지고 나부터 스스로의 편이 되어주는 것이다.

　내 입으로 말하지 않고서야 드러날 일 없는 이런 괴로운 순간들에 대해 털어놓은 이유는 바로 〈시내〉라는 곡의 창작 배경에 대해 이야기하고 싶어서다. 나는 지금껏 작업기나 곡의 탄생에 대한 뒷이야기들을 펼쳐본 적이 없다. 그도 그럴 것이 어리석은 작가적 치기로, 어떤 방식으로든 노래가 '설명되어서는 안 된다'라고 믿어왔기 때문이다. 그러한 판단 오류를 깨게 된 경험들이 있었고, 그 일들은 모두 당신과의 작은 소통에 의해 일어났음을 밝혀둔다. 아무튼 당신은 나를 깜짝 놀라게 한다. 당신의 지혜로움 덕분에 나의 고집스러움도 기쁘게 탄복하며 물러섰다. 모래가 파도 거품에 쓸려 가듯 자연스럽게. 나는 내 개인의 경험이 당신의 감상에 침범해 그 인상을 흐리게 하는 것을 원하지 않았다. 그러나 아주 큰 물 위에 술 한 방울을 떨어트리듯, 노래들은 설명되어도 결코 탁해지지 않았다. 노래들은 안으로 흐르며 계속 번져갈 것이다. 원래의 제 빛깔보다 더 아름다워질 때까지.

〈시내〉가 태어난 날은 2020년 8월 28일이었다. (나는 곡을 쓰게 되면 악보에 날짜를 기록해두는 습관이 있다.) 그날, 그해 첫 공황 증세가 나타났다. 마지막 발작이 언제였던가. 꽤 오래 잠잠했기에 다 나았다고 믿고 있던 참이었다. 증상이 덮치자 나는 순식간에 무너졌다. 마치 갑자기 와르르 쏟아진 벽 더미에 깔려버린 것처럼. 다행히 오래 거듭해온 이유로, 그런 순간이 닥쳤을 때 내가 무엇을 해야 하는지에 대한 리스트가 있다. 그런 매뉴얼을 갖는 것은 절대적으로 중요하다. 공황장애는 일종의 패닉 상태이므로, 상황이 닥쳤을 때 반사적으로 따를 수 있는 행동 요령이 있는 것만으로도 심각한 상황을 면할 수 있기 때문이다.

나의 행동 요령은 이렇다.

첫째, 증상이 나타났음을 인지하는 즉시 현재 공간을 벗어난다.

· 둘째, 모든 창문을 열고 파도 소리나 빗소리 같은 앰비언스(ambience)를 재생한다.

셋째, 느린 심호흡에 집중한다.

넷째, 그에게 알린다.

여기서 처음으로 나의 연인에 대해 밝힌다. 그는 지난 십여
년 동안 내 곁을 지킨 사람으로, 나만큼 나의 어둠에 익숙하며
족히 수십 번쯤 나를 살려낸 장본인이다. 어쩌면 수백 번에 달할
지도 모르겠다. 그가 아니었다면 내가 아직도 살아 있었을 것이
라 장담할 수 없다. 항상 낭떠러지에 조금 더 가까웠던 나를 가
운데에 두려고 그는 늘 줄다리기를 했다. 나도 그가 내 생명 줄
임을 알고 못지않게 붙들어왔다. 그렇게 십여 년이 흐르자 우리
는 서로에게 있어 연인 이상의 존재가 되었다. 나는 많은 음반의
1번 트랙에 수록한 노래들을 그를 위해 쓰고 불렀다. 그의 눈물
겨운 헌신이 없었더라면 많은 노래가 태어나지 못했을 것이다.
그는 나를 받치는 등이다. 나보다 더 내가 이 일들을 해야 한다
고 믿어주는 사람이다.

그는 내가 천성적으로 품고 있는 불과 같은 습성을 안다. 작
은 방전으로 시작된 불꽃을 점차 크게 일으켜서 내가 하려는 일
에 연료로 써왔다는 걸 익히 보아 잘 안다. 시간이 쌓일수록 다
루는 법에도 익숙해져야 하는데, 나는 아직도 성냥을 갖고 노는

아이처럼 미숙하기 짝이 없다. 불길이 세게 번져 휩싸이면 곧장 놀라서 주저앉아 버린다. 번진 불을 끌 수도 없다. 불이 곧 나이기 때문이다.

버지니아 울프의 에세이 제목처럼 나는 '끔찍하게 민감한 마음'을 갖고 있다. 다행히 그 부분은 나의 전체가 아니라 일부분에 불과하고, 계절성을 가지고 있어 때에 따라 오고 간다. 내가 가진 작은 칼로 아주 조그만 것들을 조각하는데, 그때가 되면 마치 바늘로 쌀알에 글귀를 새기는 사람처럼 비할 데 없이 예민하고 날카로워진다. 힘 조절에 실패하면 쌀알 대신 늘 자신을 베고 만다. 칼 쥔 손은 어찌 됐든 뭐라도 그어야 한다. 그럴 때 바로 공황 발작이 온다. 하지만 그 과정을 피할 수는 없다. 진실한 노래를 쓰고 부르기 위해서는, 반드시 선행되어야 하는 필요 불가결이었기 때문이다.

나는 죽는다는 공포감에 사로잡혀 살려달라고 애원한다. 나 때문에 불안을 다루는 법을 터득하게 된 그는 날뛰는 모든 것을 붙잡아 제자리에 내려 앉힌다. 그는 내 손발이 일으키는 경련과 솟아오르는 식은땀과 마구 때리는 심장박동과 거칠게 엉킨 들숨 날숨 전부를 붙잡아 자기 품 안에 끌어안고 강하게 속박한다. 그러면서 내 귀에 계속 일러주기를.

"너는 흐르는 시내야. 잠시 가로막혀도 결국은 다시 흐를 길을 찾게 될 거야."

나도 안다. 그는 크고 잔잔한 물과 같은 사람이며 우리는 완전히 반대의 인간인 것이다. 그런데 어째서인지 나는 그의 곁에 있을 때 호흡할 산소와 평온을 얻는다. 붉게 달궈진 나는 그의 품 안에서 겨우 식는다. 심장박동이 정상적으로 돌아오고 모든 불쾌한 신체적 증상이 점차 옅어진다. 그가 일러주는 말들이 마법처럼 내 안에 작용하면 다시금 힘을 얻어 뭍을 향해 헤엄친다. 푹 젖은 몸을 일으키는 동시에 쓰러지듯 누워버리고 겨우 다시 잠이 든다.

다음 날 잠에서 깨자마자 피아노 앞으로 달려갔다. 이렇게 예고 없이 닥쳐오는 불안과 공황은 오직 나만이 겪고 있는 일은 아닐 것이다. 나는 내 삶을 통해 얻어낸 이것을 기꺼이 나의 새들과 나누기로 한다. 나의 친구이자 형제이며, 내가 작은 새처럼 아끼는 당신에게 이 치유의 주문을 전하기로 한다.

〈시내〉라는 곡은 반복될 필요도 강조할 부분도 없다. 노래 전체가 마치 흐르는 시내처럼, 좁은 골짜기를 타고 그저 흘러가게 둔다. 내가 들었던 것처럼 귓가에 어르듯이. 악기를 제외하고 오

직 목소리만으로. 미약한 시내 줄기가 불안을 데리고 간다. 모든 물은 바다를 향해, '무엇이 너를 막겠니. 터져 오른 샘물은 기어이 흘러 바다를 향해 갈 텐데…….'

〈시내〉는 그렇게 쓰였다. 단숨에 써 내려간 노래는 십 분 만에 완성됐다. 노래에 별다른 치장이 필요하지 않았던 이유는 이 노래가 진짜 있었던 일에서 태어났기 때문이다. 나는 그러한 진실성이 가진 힘을 오랜 시간 두 눈으로 똑똑히 보아왔는데, 거기에는 확실히 뭔가가 있다. 그게 무엇이라고 정확히 이름 붙여 말할 자신은 없지만, 그 뭔가는 노래의 생명력에 기여하기도 하고 그보다 우선하여 노래를 살아 있는 것으로 만들기도 한다. 나는 모든 사람이 알 만큼 유명해질 리 없다 하더라도 또 한 곡 그런 살아 있는 노래를 만들고 부를 수 있었음에 기뻐한다. 그러다 어떨 때는 내가 작은 통로처럼 느껴지기도 하는 것이다. 노래는 이미 존재하고 있었고 나는 단지 받아 적을 따름이듯이.

나의 표현들에서 평안과 위로를 찾아온 당신이라면, 이런 이야기들이 다소 걱정스럽게 느껴질지 모르겠다. 내 생각에 나는 고치기보다 망가뜨리는 쪽에 속하며, 많은 것을 부수고 재조립

하는 방식으로 줄곧 나의 틀을 세워왔다. 그래서 못 자국이 가득하고 망치질 된 속을 녹여 그 벌건 쇳물로 노래들을 주조해온 것이다. 나 자신에게 있어 나는 늘 다그치고 밀어붙이는 쪽이었다. 나쁘지 않게 해낸 일도 '부족하다', '모자라다' 하면서 스스로를 비난해대기 일쑤였다. 더 높은 이상을 위해서 현재의 자신을 회초리질하고, 결국에는 그런 스스로를 자신조차 싫어하게 되어버린다. 내가 나의 편이 되어준 적이 없었기 때문이다. 보듬어 주었어야 했는데, 그만하면 잘했다고 치켜세워 줬어야 했는데 '겨우 이 정도로 되겠어?', 작은 실수라도 할라치면 '네가 그럼 그렇지' 하는 식으로 자신을 단정해온 날들이 길었다. 그러한 자학적인 태도는 스스로 개발해낸 것이 아니다. 그것은 내가 듣기를 원했던 말들도 아니었으며 누구에게 한 번 내뱉어본 적도 없는 말들이었다.

그러나 우리는 그런 비난을 예사로 듣고 자랐고 아무리 강한 마음을 가졌다 한들 결국에는 서서히 자학에 중독되어 버리기도 한다. 달궈진 불쏘시개처럼 속을 다 헤집어놓는 독한 말들이 내 안에서 들려올 때면, '이것은 나의 말인가?'라고 되물은 뒤에 '아니'라고 대답할 수 있어야 한다. 나를 알지도 못 하는 사람들이 손쉽게 나에게 가했던 비난을 앵무새처럼 다시 반복하지는 않을 거라고. 그리고 그 누구도 완벽할 수 없다는 사실을 열심히 계속 받아들인다. 이미 충분하다고 자신에게 속삭이면서. '완벽하지는 않지만, 충분하다'고 말해주면서.

언제나처럼 여섯 곡으로 만석이 된 앨범에 뒤늦게 〈시내〉를 추가했다. 아마도 쓰인 이유가 있으리라, 불안이 덮친 밤에 당신을 도울 것이리라. 만약 이런 노래들에 얽힌 사정이 부끄러워 숨겨놓고 부르지 않는다면 어디에서 노래할 이유를 찾을 것인가? 나는 이런 데에 나의 쓰임이 있음을 안다. 자신에 대한 지탄의 소리 때문에 귀가 먹먹해져버린 어느 날 밤에, 붙잡고 일어설 노래 하나 필요한 사람이 분명히 저기 어디 있음을 안다. 내가 바로 그런 사람이기 때문이다. 수많은 노래들을 붙잡고 기어오르거나 매달리며 참 오래 버텨왔기 때문이다.

노래는 그의 연인이 되어줄 이와 반드시 옳은 순간 만날 것이다. 길에서, 지하철에서, 카페 안에서. 그리고 어쩌면 누군가의 소개로 우연히 만나게 될 것이다. 마치 흐르는 시내와 같이 우리는 필연적으로 연결되어 있을지 모른다. 지줄대며 낮게 흘러 결국에는 먼 바다까지 살아 가닿기 위해서.

무명의 발견

1.

데뷔 이래 십여 년 차에 이르는 동안 한 해도 빠짐없이 신보를 발표했다. 그런 음악적 근성은 내세울 것 없는 내가 은근한 자부심으로 삼을 수 있는 유일한 무기일 것이다. 주변의 선배 음악가들은 한 번 좋은 음반을 완성하면 여행도 다녀오고 필요한 시간을 가지며 족히 1, 2년은 재충전에 몰두했다. 어리숙하던 이십 대 때의 나는 선배들을 우러르며 나도 어련히 그래야 하는 줄로만 알았고, 첫 음반을 낸 뒤부터는 열심히 그들의 뒷모습을 흉내 내보기 시작했다. 없는 형편을 짜내 여행도 떠났고 밖으로부터 무언가를 흡수하거나 충전해보려는 노력도 했다. 그런데 좁은 내 안에는 이미 무엇을 새로 담을 자리가 없었다. 오히려 넘치고 흘러버리는 것들이 너무 많아 좀 주워 담아야 할 판이었으니 말이다. 새 음반이 나왔으니 이제 좀 쉬어야 한다고들 하기에, 쉰다는 것이 정확히 뭔지 알 수 없었던 나는 곡 쓰기를 중단해보았다. 그리고 그 즉시 쓰는 것보다 쓰지 않을 때의 고통이 더 끔찍하다는 것을 깨달았다. 아마 모든 예술가의 창작과 휴식 방식은 저마다 고유한 특징들을 가질 것이다. 어떤 것이 옳고 그르다기보다 내가 흉내 낸 방법들이 나에게 옳지 않았던 것이다.

그걸 깨달았을 즈음부터 나는 시계를 삼킨 듯이 살았다. 내가 삼킨 시계가 보통의 다른 시계와 달랐던 점은 똑딱거리는 초침 소리 대신 이런 소리가 났다는 것이다.

'자, 이제 노래를 써야지? 자, 이제 노래를 써야지?'

나는 그 리듬에 맞춰서 이렇게 노래를 부르곤 했다.

'어제 새 노래를 썼어. 아니, 노래가 나를 새로 썼어.'

내 곁에는 오랜 시간 지치지 않고 한결같은 모습으로 나를 기다려주는, 내가 음과 운율을 엮어 떠듬떠듬 써낸 시를 소중히 향유해주는 이들이 존재한다. 그런가 하면 매 신보 발표 때마다 우연한 계기로 나를 처음 '발견'하게 된 이들 또한 존재한다. 그들 중 몇몇 유쾌한 이들은 왜 여태껏 나를 몰랐는지, 혹은 왜 이제야 알게 되었는지에 대해 스스로를 자책하는 뉘앙스의 글을 남겨주기도 한다. 장난스럽게 혹은 개탄스러워하며 말이다. 나는 그 '왜'에 대한 대답을 아는 유일한 사람일 것이다. 그래서 반쯤은 황송함에, 또 반쯤은 무안함에 빙긋이 웃곤 한다.

근래에는 신보를 발표할 때마다 '왜 이 사람이 안 뜨는지 모르겠다'는 의문 섞인 글들을 더 자주 발견한다. 매년 내가 하는 일은 똑같은데, 그런 물음표가 담긴 글들은 점점 더 많이 눈에 띈다. 조금 자조(自嘲)적인 기분이 들기도 하지만, 요즘은 그런 글들을 과분한 찬사의 말로 받아들인다. 적어도 노래가 그에게 그런 의문을 갖게 할 만큼의 멋진 충격을 안기는 데 성공했다는 뜻일 테니 말이다. 재차 말하지만 나는 내가 왜 소위 '뜨지 못한' 가수가 되었는지에 대해 너무 잘 알고 있다. 이제는 뜨지 못한 것에 더해 갸우뚱함까지 따라붙는 가수가 되는 것만은 막아보고자, 상당한 부끄러움을 안고 그 속사정에 대해 털어놓아 보려 한다.

2.

유명해지기 위한 가장 빠른 방법은 옛날식으로 말하자면 전파를 타는 것일 테다. 주요 시간대의 TV 프로그램이 가장 강력하고, 그 외에도 온갖 매체, 최근에는 유튜브까지 가세해 빛과 같은 속도로 유명인들을 창출해내고 있다. 매일 누군가가 새롭게 떠오른다. 화면 속에서 펼쳐지는 세계는 별천지처럼 대단히 찬란하고 경외롭다. 한 번 전파를 탄 사람의 인생은 전파를 타기 전과는 전혀 다른 것이 된다. 음원 사이트의 최상위 순위권에 놓이는 것은 인기와 유명함의 척도이다. 아니면 대단히 흥미를 끌 만한 일로 기사화되는 방법도 있다. 어쨌든 이토록 다양하고 확실한 많은 방법 중에서 내게 가능하게 느껴지는 것은 단 한 가지도 없었다.

여기서 가능하지 않다는 것은 조금 복잡한 의미이다. 자의든 타의든 나도 저 반짝이는 세계에 어떻게든 발을 디밀어보려고 한 적이 있었다. 그런데 그럴 때마다 나는 얼음처럼 얼어붙고, 내가 아닌 다른 사람을 흉내 내야 한다는 느낌을 강하게 받았다. 이십 대의 나는 대부분 혼란하고 조금은 우울한 상태였으며, 썩 괜찮아 보이는 모습을 그럴듯하게 지어내지도 못 했다. 내가 그 세계에 속할 수 없다는 기분도 그림자처럼 늘 등 뒤로 따라붙었다. 그 결과 나는 겁을 집어먹었고 대단히 방어적이며 내성적인 모습으로 변해갔다. 실제로는 전혀 그런 성격이 아니었는데도 말이다. 물론 내가 그곳에서 만난 사람들은 대부분 친절하고 다정했으며, 인간적인 존중을 갖고 나를 대해주었다. 그렇지 않은 경우도 있었지만, 그게 원인은 아니었다고 생각한다. 스스로를 더 멋지고 괜찮은 사람으로 보이기 위해, 너무 애를 써서 마음이 늘 먼저 탈진해 버렸다. 당연했다. 그 세계는 많은 사람에게 자신을 보여주고 싶은 사람들이 사는 곳, 보여줄 만한 멋진 것을 가진 사람들이 사는 세계이니까 말이다. 나에게는 '보여줄' 만한 것이 거의 없었다. 게다가 보여주고 싶은 것도 별로 없었다.

가수가 된 뒤 나는 운 좋게도 대단히 유명한 사람들을 알 기회를 얻었다. 실제로 그들 뒤에는 후광이라는 게 있고, 저렇게 반짝거리기 때문에 반드시 이런 일을 할 수밖에 없는 운명이라는 당위성까지 느껴졌다. 게다가 그 노력과 재능은 또 어떤가? 만약 그들 중 한 명이 이 일을 하지 않는다면 세상은 그만큼 손해를 보게 되어 있었다. 물론 그들 역시 원석이던 시절이 존재했을 테지만, 연마되기 전이라도 이미 남들보다 몇 갑절은 더 특별한 존재였을 것이다.

유명인의 후광이 보여주는 효과 때문에, 그 희귀성과 그에 따르는 명예와 온갖 귀중한 소유물들 덕분에 나도 쉽게 그런 착각을 했다. 그들의 삶 또한 그들이 선 무대처럼 대단히 찬란할 것이라는 착각 말이다. 그러나 내가 가까이에서 본 삶의 어떤 단면들은 어둠 속에 완전히 수몰되어 있었다. 절대로 열지 않는 암막 커튼과 순간적 실명을 일으킬 정도로 눈부신 조명. 두 극단 사이에서 켜켜이 박제되는 삶. 인간의 어떤 권리 하나가 영원히 삭제

된 삶. 알코올이나 약물로서 지탱되기도 하는. 꺼져가는 순간에
도 빛을 뿜어야 하는.

3.

어차피 내가 가는 길에 일정량의 고통이 반드시 수반되어야
한다면, 나는 그 괴로움을 유명세가 아닌 다른 것과 등가교환하
고 싶었다. 일생에 단 한 번 정말 좋은 글을 써낸다든지, 정말 좋
은 노래를 부른다든지 하는 것처럼 세상의 기준이 아닌 내 영혼
에 새겨질 만한 가치 있는 일들 말이다. 물론 대단히 유명하다고
해서 그런 일들이 불가능해지는 건 결코 아니다. 내 경우에 한해
그랬다는 이야기다. 내가 가진 한정된 힘과 에너지는 쓰고 부르
는 것 외의 다른 목적을 추구할 수 있을 만큼 충분하지 않았다.
하지만 내가 기꺼워하는 분야에서는 늘 스스로가 빈자리에 꼭
들어맞는 퍼즐 조각이 된 것만 같은 기분을 느꼈다. 나는 내가
이 세계에 속한다고 느꼈다! 아주 가끔씩이지만 나는 완전해지
기도 했다. 그것이 내가 언제나 주창하다시피 말하는 '옳은 기
분'이다. 나는 늘 그런 것을 좇았고, 그 외의 다른 것들에는 늘 소
홀하거나 기피적이었다.

꿈에 다가가기 위한 노력에 유명함이 필수적인 준비물이 아
니라는 사실은 나를 대단히 안도하게 한다. 생각해보면 내가 꿈

꿔왔던 목록에 '유명해지고 싶다'가 존재한 적이 없으며, 앞으로도 줄곧 그럴 것이라는 확신이 든다. 나는 과거에 그랬듯 미래에도 누가 내 얼굴을 알아보지 않는 것이 당연한 삶을 살아가고 싶다. 아무 곳에나 주저앉아서 햇살을 쬐거나 여름의 분수에서 어린애들과 유치하게 물장난을 치고 싶다. 대낮의 거리에서 펄쩍펄쩍 우스운 춤을 춘다거나 내가 행복할 때 종종 저지르는, 바보 같고 쓸데없는 일들 앞에서 더 자유롭고 더 용감해지고 싶다. 나는 바로 그러한 부분의 내가 노래와 글을 쓴다는 것을 안다. 짐짓 어른인 체하는 나의 나머지 부분들은 세금을 내고 은행 일을 보고 유치장에 갇히는 일이 발생하지 않도록 사회 규범을 따르고 행동거지를 다스리는 일을 한다.

내가 더 유명해진다면 유명해지는 만큼 위에 열거한 일들 중에 한두 가지씩을 골라내 계속해서 삭제해가야만 할 것이다. 나는 최소한의 얼굴로 최대한의 노래를 들려주고 싶다. 드러나지 않은 수많은 면면들이 나의 심부에 더 있을 수도 있지만, 유명해지기를 갈구하는 면은 아직 한 번도 찾아내지 못했다.

4.

장황하게 늘어놓았지만 이런 것들이 바로 내가 '뜨지 못한' 것에 대한 구차한 변명이다. 사실 유명해질 능력 자체도 없었던 것 같지만, 그런 꿈을 꾼 적도 없는 것이 나의 현재에 더욱 유효하게 작용되었다. 나는 내 한정된 힘을 다른 곳에 써왔다. 그리고 그 시간은 정제되고 연마되어서 나름의 반짝임을 가진 노래들로 치환되어 온 것이다.

만약 진심으로 유명해지기를 원했다면 내 인생이 지금과 달라졌을까? 아마 그랬다면 더욱 유명해지기 위해 분명 뭐든지 했을 것이다. 내가 작은 진실성을 지닌 노래 한 곡을 써내기 위해 지금 무슨 일이든 하는 것처럼 말이다. 나는 생각에 빠진다. 어떻게든 썼다고 한들 과연 부를 수 있었을지, 어떻게든 불렀을 거라고 한들 과연 쓸 수도 있었을지. 어떤 인간도 두 세계에 양립할 수는 없다. 그것이 우리가 삶에서 많은 선택을 종용받아야만 하는 이유인 것이다.

음악은 사람의 몸을 현으로, 영혼을 활로 삼아 마찰해야지만 아름다운 소리를 내는 예술일지 모른다. 나는 달리 펼쳐 보일 기예가 없으므로 발가벗은 맨 마음만을 나의 도구로 들고 간다. 내 공연은 마술 쇼가 아니고, 나의 관객들은 까무룩 속는 데서 오는 일시적 경탄을 느끼고 싶어 나를 찾아오는 것이 아니다. 나는 그들 한 명 한 명이 얼마나 어렵게 나를 찾아온 것인지를 안다. 내 공연장에 앉아 있는 것이 얼마나 많은 용기를 필요로 하는지도 안다. 내 노래들은 그냥 흥얼거릴 수 있는 이야기들을 주제로 하지 않는다. 자꾸만 더 깊은 내부로, 어쩌면 불편할지도 모를 우리의 안과 심부로 손을 잡고 깊이 침잠하자고 요구한다.

막상 공연이 시작되면 우리의 존재는 한결 가벼워진다. 왜냐하면 객석의 어둠 속에서만큼은, 그 누구도 자기를 더 나은 존재로 보이기 위해 애쓸 필요가 없기 때문이다. 얼마나 행복한지, 얼마나 성공했는지, 얼마나 유명한지 또는 얼마나 인정받는지에 대한 키 재기는 거기 숨죽인 어둠 속에서만큼은 언제나 무용하다. 우리는 늘 첫 곡이 시작되자마자 동시에 울음을 터트리고 만다. 서로 아픈 것을 꺼내놓고 매만져주면서, 왜 이렇게 오래 견뎠느냐고 목소리를 드높이면서.

나는 최선을 다해 내가 옳다고 믿는 방식으로 우리의 감정들을 대신 표현한다. 맨발로 무대를 다니며 손짓과 발짓을 다해 모든 존재와 노래와 마음을, 작은 따뜻함과 부드러운 힘을 전달하려 애쓴다.

나는 그곳을 헤엄치며 사납게 파도치고 때론 잔잔히 흐른다. 당신은 무거운 세상의 옷을 벗고 기꺼이 나의 곁에 헤엄쳐 온다. 우리는 어느 순간 다 함께 깊고 큰 물이 된다. 그러면 마지막 음을 채 내려놓기도 전에 놀라운 방식으로 우리 내부가 화답한다.

수천수만 명의 환호성 대신 눈물 한 방울 한 방울로. 수십 수백 만의 좋아요 대신 마음 깊은 곳에서 솟아나는 지극하고도 정결한 기쁨으로.

5.

우리 모두는 그런 경험이 있다. 버스나 지하철 같은 곳에서 노래를 듣고 있다가, 갑자기 치받는 목 메임 때문에 당황해본 적 말이다. 말할 수 없이 지친 채로 좁고 어두운 골목을 걷다가, 노래 한 줄기에 일순간 구원되어 다급히 등을 펴고 별빛을 눈 속에 담아내던 기억이. 그러한 경험들은 최초의 순간에도 우리에게 전혀 생경하지 않으며, 노래와 그 창조자들의 유일한 존재 의의가 된다. 그렇지 않으면 노래가 왜 존재하겠는가? 도대체 무엇을 위해서 인간 내면에 대한 수천 가지 표현들이 존재해 왔겠느냐는 말이다.

글은 무엇이고 노래는 또 무엇일까? 내가 평생을 태워 혼을 지핀다 해도 그러한 비밀을 밝혀볼 수 있을 리 만무해 보인다. 그러나 훗날에는 또 슬그머니 바뀔지도 모를 정의(定義)를, 무용하더라도 지금에서 굳이 내려보자면, 글은 새김이고 노래는 아마 울림이 아닐까 한다. 울림과 새김은 언뜻 다른 이미지로 다가

오는 느낌이지만 영혼에게는 같다. 그 둘은 우리 영혼의 감각 안에 명료하게, 서로 닮은 반향과 흔적을 아주 오래도록 남겨둔다.

나는 죽지 말자고, 살자고 살자고 거기 그득그득하게 새긴 뒤에 멀리까지 계속 울려오는 목소리가 되고 싶다. 나는 그런 의미에서 유명해지고 싶은 것일지 모른다. 많은 사람과 세상을 상대로가 아닌 노래가 필요한 한 사람의 내부에 어떤 의미가 되는 이름으로써 말이다.

나는 이렇게 써 내려간다. 전체는 아니더라도 일정 부분은 분명 내 무명의 토양에서 뿌리를 뻗어나간 노래들이 있었을 것이라고. 내가 단숨에 유명해지지 못했기 때문에 애면글면 써 내려갈 시간들이 주어졌던 거라고. 내게 유행을 따를 이유가 없고 순위권에 진입하기 위해 골머리를 앓을 목표도 없었기 때문에 조금은 다른 시작점에서 쓸 수 있는 노래들이 거기 있었을 거라고.

이제는 완전히 무명도 아니면서, 그렇다고 대단히 유명하지도 않은 나는 앞으로도 계속 누군가에게 '발견'될 것이다. 나의 팬들에게 늘 살뜰한 내 아버지는 지엄하게 말씀하신다. "너를 처음 발견하는 누군가가 있는 이상 아무리 많은 음반이 쌓여 있더라도 그에게 너는 신인 가수다"라고. 그러니까 쉽게 지쳐서는 안 된다고. (그리고 너의 팬이 얼마나 많아지든 혹은 없어지든 간에 진정한 1호 팬은 언제나 바로 본인이라고.)

　카페에서 주문을 마친 뒤에 자리에 앉아 있는데 갑자기 배경음악이 내 노래들로 변할 때가 있다. 나는 조금 당황하기도 하고 멋쩍은 기분으로 내내 쭈뼛거리지만, 마음속에서는 그 다정한 인사에 감격하며 깊은 따뜻함을 느낀다. 그는 내 보통의 일상을 보호해 주면서도 동시에 아주 우아한 방식으로 인사를 건네준 것이다. 그런가 하면 숨차게 달려와서는 새된 목소리로 반가워 어쩔 줄 모르는 소녀의 상기된 두 볼이나, 악수를 청하며 살짝 손을 떠는 장성한 사내의 소년다움도 진심으로 사랑한다. 내 이름의 알려진 정도나 가수로서의 인지도 따위가, 그이와 나 사이에서는 아무런 기준도 되지 못하는 것 같다. 왜냐하면 우리는 이미 서로의 슈퍼스타이기 때문에. 마치 어린 왕자와 여우처럼, 서로에게 길들여짐으로써 유일해졌기 때문에.

　당신은 화면 속에서 나를 만날 날을 고대할 필요가 없다. 내가 왜 더 유명해지지 못하는지 안타까워할 필요도 없다. 나는 늘 여기에 있다. 내가 응당 있어야 한다고 믿는 자리에. 내가 불러야 한다고 믿는 노래들 속에. 바로 이 글 속에. 울림과 새김, 그 안에 있다. 어느 날 노래가 필요한 당신에게 '발견'되는 그 순간을 기다리면서.

누군가가 밟아서 난 굽고 좁은 길.

어디에나 그런 길들이 숨겨져 있습니다.

그 소로(小路)를 따라 걷다

마음에 드는 나무를 발견하면

나는 가만히 나무껍질에 손을 대고

결을 따라 쓸어내리며 매만져보곤 합니다.

거칠어 보이지만 늘 생각보다 부드러운 수피(樹皮)는

수백수천 번 겉이 터지고 벗겨지며

오랜 세월 스스로를 이루어 온 흔적입니다.

우리도 어쩌면 그와 같은 방식으로

겨우겨우 이루어 온 지금의 자신일지 모릅니다.

그러니까 그 누구도, 심지어 당신 자신조차도

결코 스스로를 포기해서는 안 됩니다.

하대해서는 안 됩니다.

때에 이르면 나무들도 옷을 벗고

땅에 떨군 모든 것은 뿌리로 돌아가겠지요.

그렇게 혹독함을 견디고 신록이 피어날 때쯤이면

나도 당신도 결국에는

스스로의 힘으로 거뜬히 나을 것입니다.

앨범 〈소로(小路)〉 중에서

"너는 흐르는 시내

잠시 가로막혀도

휘돌아 결국 흐를 길을 찾으리"

콤플렉스가 만들어낸 멋진 것

"사람을 너무 좋아하는데, 깊은 관계를 맺으려면 공포감이
듭니다."

"후회할 걸 알면서, 같은 실수를 매번 또 저질러요."

"행복해지고 싶은데, 나는 그냥 내가 너무 싫어요."

"매일 죽고 싶은데, 사실 너무 살고 싶어요."

크고 작은 모순들은 이렇게 좋지 못한 조합으로 묶여 있다.
서로 엉켜 있는 정반대의 것들이 우리의 삶을 훨씬 더 복잡하게
만드는 걸 손 놓고 지켜보곤 한다. 모순은 수십 겹으로 포장되어
있는 작은 상자 같다. 그것을 끝까지 풀어헤쳐 보면 언제나 불쾌

한 콤플렉스 한 뭉치가 똬리를 틀고 그 안에 들어앉아 있다.

우리는 툭하면 자신을 비난하고 낮잡아 본다. 모순투성이에 문제의 결정체인 자신을 스스로도 도저히 이해할 수 없기 때문이다. 자의식 과잉의 시대에 살고 있으면서 그 어느 시대보다도 자아의 존립을 위태로워한다. 지금 내 모습과 꿈꾸는 모습 사이의 거리는 행성과 행성 사이의 간격만큼이나 멀어 보이기에, 완전히 불가능하다고 순순히 납득해 버리기가 별로 그렇게 힘이 들지도 않는다.

두려움에 설득당할 때, 나는 이렇게 생각하며 싸운다. 내가 가진 모순성과 불완전함이 나의 존재에 개성과 특별함을 부여하는 것일지 모른다고. 나는 기성곡의 고음 부분을 다른 친구들처럼 아름답게 소리 낼 수 없다는 걸 알고 그때부터 스스로 곡을 쓰기 시작했다. 나의 콤플렉스가 나를 새로운 길로 이끌었고 그리하여 간신히 알게 되었다. 내가 얼마나 괜찮은 중저음을 가졌는지를 말이다.

기억이 난다. 수많은 노래 속에 마치 약속한 것처럼 장치되어 있는 새된 고음 부분은, 어린 나에게는 노래를 포기하도록 종용하는 목소리처럼 느껴졌다. 노래하는 다른 친구들은 모두 어렵지 않게 그런 부분들을 소화해냈다. 노래의 도입부나 전개는 모두 폭발하는 고음 부분 한 군데만을 빛내기 위해 존재하는 디딤 돌들에 불과했고 비로소 고음의 카타르시스가 터져 나와야만 세찬 박수도 함께 터져 나왔다. 나는 내 목소리를 좋아했지만 같은 꿈을 가진 친구들 사이에 놓이자마자 곧바로 내 목소리가 싫어지기 시작했다. 그들처럼 되기 위해서 죽도록 노력도 해봤지만 입안에서 피 맛이 나고 목이 쉬어버릴 뿐 아무것도 달라지지 않았다. 나는 태어날 때부터 '고음 불가'인 목소리를 가진 사람이었던 것이다.

우리의 어린 시절을 통틀어 노력해도 안 된다는 것을 알아버리는 일만큼 잔인한 사건은 없다. 모든 사람의 음역은 각기 목소리가 다른 만큼 당연히 다를진대, 그때는 그런 사실조차 나의 한계에 대한 구구절절한 핑계에 불과하게 느껴졌다. 나는 다른 친구들처럼 인기 있는 노래들을 열창하며 불러볼 수가 없었다. 키를 낮추지 않고서는. 그건 채 여물지 않은 성장기에 이미 엄청난 콤플렉스가 되었고 내면 깊은 곳에서부터 실패 의식을 불러일으켰다. 별수 없이, 나는 나를 싫어하기 시작했다.

칸막이 연습실에 앉아 있노라면 사방에서 친구와 선배들의 노랫소리가 들려왔다. 나는 종종 귀를 기울이고 그 노래들을 열심히 들었고, 감탄하며, 좌절도 했다. 소리가 나지 않는 것이 분해서 눈물을 뚝뚝 흘린 적도 있었다. 괴로운데, 그래도 노래는 하고 싶었다. 누가 시키지 않아도 스스로 하는 유일한 일이 바로 노래였다. 어쩌겠는가? 나는 무용한 시도들을 포기했고 더 이상 연습실에 드나들지 않았다. 노래를 부르는 대신 더 많이 들으며 안으로 침잠했고, 열여덟 살쯤 어느 밤에 처음 노래를 썼다. 그게 나의 시작이었다. 터지는 고음 부분이 없어도 아름다운 노래를 만들고 싶었고, 도입부와 모든 전개가 고음 부분만을 위해 존재하는 것이 아니라 그 자체로 아름다울 수 있기를 바랐던 것이다. 이미 그런 노래들이 이 세상에는 엄청나게 많이 있었다. 내가 몰랐을 뿐, 그리고 조금 늦게 알게 되었을 뿐. 만약 내가 시원하게 고음을 내지를 수 있었다면 과연 밤을 새며 곡을 쓰려 했을까? 지금은 감사한다. 내가 가진 것이 부족했음을. 그래서 필요를 느끼고 빈 곳을 채우려는 갈망을 느꼈음을.

   내가 그토록 부끄러워하고 절망했던 나의 특질은 사실 내가 가고 있는 길에 꽤 적합한 것일지 모른다는 생각이 든다. 나는 저음과 부드럽게 소리 낼 수 있는 중음역대를 통해, 유월의 강물 같이 편안한 노래 속에서 서로의 존재를 깊게 포옹하는 놀라운 경험들을 해보았다. 내가 무대 위에서 거짓말을 할 수 없듯, 나의 관객들도 결코 나를 속이거나 연기하지 않는다. 우리는 함께

울 때가 많다. 그래서 터진 눈물에 서로 어쩔 줄 몰라 할 때도 많지만, 무슨 일이 일어나고 있든 그것이 행복하고 좋은 일임을 양쪽 모두가 자연히 이해한다. 물론 거기에 고막을 찌르는 짜릿한 고음은 없다. 목소리가 영혼에 닿으려 할 때, 그런 것이 반드시 필요하지는 않기 때문이다.

우리는 가끔 목표한 문을 통과하지 못해서 죽고 싶을 만큼 좌절하고 지독하게 부러지거나 꺾인다. 선한 당신은 모든 탓을 자신의 부족함에 돌리기도 한다. 안다. 우리는 결코 완벽해보지 못할 것이다. 당장 죽는 순간이 닥쳐와도 우리는 여전히 무분별하고 모순적이며 절대적으로 불완전할 것이다. 하지만 절망하기만큼 많은 힘이 드는 일도 끄떡없이 해내고 있는 상태라면, 조금 다르게 생각하는 것도 한 번쯤은 시도해보자. 나도 그렇게 한다. 이 방법은 낡았지만 늘 틀림없는 효과를 발휘한다.

지금에 이르러 어떤 다정한 사람들은 내게 목소리가 '완벽하다'고 말해주기도 한다. 스스로 믿기지는 않지만 어떤 누군가에게 나는 '완벽한' 목소리이기도 한 것이다! 만약 좌절 중이었던 그 소녀에게 이 말을 전해준다면, 그 아이는 이 말을 믿을 수 있을까? 대답은 결단코 '아니'다. 그 애는 절대 그 말을 믿지 못했을 것이다. 좌절과 절망이 그런 것이다. 그것은 새까맣고 무거운 장막처럼, 우리를 덮어버린 다음 보지도 듣지도 꿈꾸지도 못하게끔 하는 데 그 용도가 있다. 과거의 소녀와 지금의 나의 목소리가 달랐을까? 다른 노래를 부르는 다른 사람이었을까? 그렇지 않다. 차이는 바로 별것 아닌 데 있다. 장막을 걷어버리고 나왔는가, 아니면 아직 그 안에 있는가의 정도 차이.

우리는 태어날 때부터 이미 완벽하지 않았을까? 누구라도 입을 오물거리는 아기를 보면 그 작은 손가락들이 얼마나 완벽한지를 안다. 거기에 더해 많은 것을 배우고 매일매일 새로워졌으며 스스로 서는 것만으로도 모자라 걷거나 달리기도 하였다. 그리고 이 척박하고 억지스러운 세상에서 한줄기 꿈을 찾아내 품어보기도 하였다. 그 모든 불가능한 이유와 온갖 불합리들을 감내하고서도 말이다. 그게 바로 당신이다. 우리는 남을 인정하는 만큼 자신을 인정하는 것에 대해서도 배워야 한다.
나는 좌절에 맞닥뜨릴 때, 종종 입 밖으로 소리 내서 이렇게 말한다. 어쩌겠는가? 내가 그것을 사랑하는데. 당신도 소리 내 말해보라. 우스워 보일지 몰라도 이건 정말 효과가 있다.
"어쩌겠는가? 내가 그것을 이토록 사랑하는데!"

어쩌면 콤플렉스는 우리 인생의 길잡이이자 당신만의 사랑스러운 특징일지도 모른다. 그것은 모두가 따라 걷는 닦인 길에서 벗어나 작은 오솔길에 들어서게 하며 새로운 풍경을 만나게 한다. 나 역시 지독한 콤플렉스와, 그 콤플렉스가 만들어낸 멋진 것들을 쭉 나열한 뒤 분류할 수도 있을 만큼 많이 가지고 있다. 오히려 자신 있었던 것에 발이 걸려 호되게 넘어졌던 횟수와도 비슷할지 모른다. 콤플렉스는 그렇게 나쁜 것이 아니며, 오히려 아주 자연스러운 것이다. 나쁜 것은 우리를 덮고 있는 것들이다. 우리가 박차고 일어날 때 그것들도 자연히 스르르 벗겨질 것이다.

오늘 내가 우리에게 기록하고 싶은 말은 이런 것이다. 존재를 누름돌처럼 짓눌러대는 우리의 콤플렉스들을 어깨에 이고 가지 말고 이제 그냥 놔버리자는 것. 그러고 나서 무슨 일이 일어나고 그 일이 나를 어떤 길로 이끄는지를 호기심 가득한 마음으로 지켜보는 건 어떻겠느냐는 제의다.

우리는 이미 옳은 길을 알고 있으면서도 최선을 다해 그 길을 피해 가려 애쓰기도 한다. 그런 점이 바로 우리 인생의 역설이며 아주 흔하게 맞닥뜨리는 모순일 것이다. '너의 즐거움을 따라가라'라는 유명한 말이 있다. 그 말을 이렇게 바꿔 말해보면 어떨까 한다. '너의 콤플렉스를 따라가라'라고. 그러면 당신은 분명 처음 보는 새로운 길로 그 즉시 들어서게 될 거라고.

수피

초록이 무성한 유월과 새빨간 낙엽이 바스락거리는 10월, 하얗게 상고대가 내려앉은 1월의 여읜 가지에서부터 통통하게 꽃눈 맺히는 상앗빛 4월에 이르기까지. 숲은 도무지 아름답지 않은 계절이 없다. 숲의 세포들 안에는 드러나 보이지 않는 신비로운 작용들과 상처를 치유하는 힘이 내재되어 있다. 아름다우며, 동시에 우리를 정화하는 장소로 자꾸만 이끌리는 것은 당연한 본능일 것이다. 그곳을 걷다 보면 '모든 인간은 숲에서 왔다'던 문장이 떠오른다. 나는 우리 역시 자연의 일부라고 말하기에는 너무 파괴적인 창조성을 지닌 존재라는 데에 큰 유감을 느낀다. 사람은 언제나 '더 나은 것'을 갈망함으로써 많은 것을 세우고 이룩해왔지만, 그것이 이미 세워져 있던 자연의 완전성에 비견될 수 있으려면 얼마나 오랜 시간이 흘러야 할지 알 수 없을 일이다. 그래도 우리는 이미 존재하던 것을 파괴한 자리에 다시 무언가를 창조한다. 극단적으로는 숲을 태우거나 부순 뒤에 어렵사리 긴 시간을 들여 다시 숲을 재건하기도 하는 것이다. 파괴와 창조가 우리의 본능이라면, 자연에게 우리는 낯선 존재들일 것이다. 그래도 사람은 숲으로 향한다. 언젠가 우리도 그들의 일부였던 때를 우리 자신의 세포 안에서 어렴풋이 기억하고 있기 때문에.

언뜻 고요하게 느껴지는 숲은 사실 온갖 존재들의 음악으로 가득 차 있다. 숲의 소통 방식은 비밀스럽고 은유적이기에, 오래 노력을 기울여야만 그들이 나누는 뜻을 어림짐작이나마 해볼 수 있다. 나는 어린 시절부터 나무와 흙냄새를 좋아해 혼자 산에 오르곤 했다. 거기에서 발견한 작은 돌이나 열매 같은 것들을 양 주머니 가득 담아 와서는, 작은 캔 상자에 넣고 소중히 다루며 귀한 보물이라도 되는 양 간직하기도 했다. 지날 때마다 꼭 안아주고 가는 특별한 나무들도 있었고, 개중의 몇몇 나무들과 내가 꽤 친하다는 상상도 했었던 것 같다. 지금은 다람쥐처럼 뛰어다니던 체력과 기개가 모두 사라졌지만, 여전히 나무들의 숨을 들이마시며 거기 가만히 선 채로 숲의 노래를 듣곤 한다. 그러면 내가 가진 고뇌와 무게들이 잠시나마 아무것도 아닌 것처럼 느껴지기도 하는 것이다. 높게 솟은 나무들은 가지를 서로 스치며, 자신들의 언어로 이루어진 오래된 노래를 들려준다. 생명력이라는 이름의 향기로운 힘이 폐 안으로 깊이 스며들고, 나는 그 순간을 좋아한다. 존재가 옅어진다.

근래 들어 자주 나를 나무에 빗대어 보는 습관이 생겼다. 내가 노래하며 날아드는 새이자, 동시에 새들이 내려앉아 쉴 숲이 될 수도 있어야 함을 이해했기 때문이다. 저 바깥에는 소수일지라도 분명 내 노래에 매일을 의지하고 있는 사람도 있다. 그가 자기 존재를 드러내고 자신의 싸움을 내게 알려오는 만큼, 나도 더 큰 자아를 지닌 형태로 자신의 구성을 분리할 줄 알아야 하는 것이다. 글을 쓰고, 노래하고, 곡을 쓰는 나는 모두 다른 재질의 자아를 가졌다. 그것을 넓혀가려고 애쓸 때만 누군가에게 무엇이 될 자격도 있는 것이다.

우리 모두에게는 두 가지 이상의 모습과 역할이 있다. 우리의 삶은 계절에 따라 모습을 바꾸는 저 나무들과 숲처럼 다변적인 정체성을 지닌 것이다. 그러니 당장의 내 모습에 낙담하여 내일을 단정 지을 필요는 없다. 낙엽 지고 열매 맺는 동안 우리는 성장이라는 이름으로 서서히 변모한다. 눈에 띄지 않을 만큼 아주 느릴 수도 있지만, 그게 당연한 섭리이자 어쩌면 가장 자연스러운 것이다.

스페인을 여행할 때 깊은 숲속에서 수령이 천 년 된 나무를 본 적이 있다. 그것도 사람이 추정할 뿐, 사실은 훨씬 더 오래되었을지 모른다는 생각이 들었다. 바로 곁에 지어져 있던 작은 성당이 세월에 허물어져 그 터만 남아 있어도 그 지역의 사람들은 여전히 거기에서 기도를 했다. 천 년의 시간 동안 그 나무는 헤아릴 수 없을 만큼 많은 기도를 들었을 것이다. 그 옛날 신께 간구하던 사람들은 모두 떠났고, 그곳을 스쳐 지나갔던 나 역시 백 년도 채 살지 못할 존재이다. 그러나 그 나무는 앞으로도 오랫동안 거기 서 있을 터. 그때 만져본 수피의 감촉은 신비로웠다. 그때부터 나는 나무들을 조금 더 특별한 눈으로 바라보게 되었다.

나무는 어디에나 있다는 점에서 우리와 닮았다. 나무는 그야말로 어디에나 있지만, 어디에나 있으면서도 눈여겨 보아지지는 않는다. 길을 가다 멈춰 서서 가로수를 뚫어져라 살펴보게 되는 경우는 잘 없으니 말이다. 그러나 무심코 지나치는 도시의 가로수 중에서, 필사적이지 않은 나무는 아마 한 그루도 없을 것이

다. 그 둥치를 쓸어내려 보면 늘 새까만 먼지가 손에 묻어오고, 마음껏 뿌리 내릴 수도 없는 반 평 남짓한 메마른 땅 위에서도 살고자 버티며 스스로 서 있는 존재가 바로 그들인 것이다. 그래도 때에 이르면 온통 푸른 잎에 휩싸이고, 나름의 꽃도 피우며, 꽃 진 자리에 열매도 맺지 않는가. 우리 역시 그런 점에서 그들과 닮아 있다. 참 잘하고 있다. 나는 도시의 가로수와 같이, 때때로 우리가 못 견디게 대견해진다.

나와 참 닮은 당신, 더 많이 사랑받아 마땅한 당신. 아직 덜 영글었기에 멋지게 물들어갈 날도 더 많이 남아 있을 것이다. 언 땅 아래 있어 아무도 몰라준다 하더라도 꿋꿋이 아래로 더 깊은 뿌리를 뻗어 내리시라. 덩굴이 그러하듯 붙잡을 수 있는 것이라면, 그것이 벽이라도 있는 힘껏 타고 오르시라. 그래서 숲을 이루고 결국 아름다운 군락이 되어 서로의 뿌리가 완전히 뒤엉키게 하자. 살을 에는 괴로움도 계절처럼 단지 흘러가버릴 것이라면 도대체 무엇을 위해 당신의 존재를 꺾겠는가?

날 떠나지 말라는, 내 곁에 있어달라는 가사 속에 숨긴 뜻은 바로 이런 것이다. 〈수피(樹皮)〉는 바로 그런 무늬와 결 위에서 쓰인 노래다.

나에게도 꺾여 부러질 것 같은 때가 있다. 그런 때가 오면 지체 없이 깊은 숲과 골짜기를 향해 간다. 지금은 금빛과 붉은빛의 계절, 불붙은 잎사귀가 춤추며 낙하하는 절정의 가을. 손에 쥔 것은 아무리 무가치한 것이라도 차마 놓지 못해 늘 지쳐 있던 내게, 나무가 들려주는 것은 긴 순환의 노래다. 땅에 떨군 모든 것을 양분으로 삼아, 더 크게 뻗어 오를 가지들로 치환하고 있다. 아주 느린 춤처럼.

나의 외계

읽는 계절이 왔다.

나의 1년은 십수 년쯤 전부터 꽤 정확한 사계절의 흐름을 따르고 있다.

뭔가를 읽는 계절, 뭔가를 쓰는 계절, 쓴 것을 노래하는 계절, 그리고 잠을 자는 계절이다. 각각의 계절은 창작이라는 사건이 일어나는 데 있어 모두 필수적인 시간들이다. 나는 아직 지구가 이상기후로 인해 끓어오르거나 얼어붙어 버리기 전의 사계절 처럼 극명한 계절적 특성을 내 인생의 1년에도 균등하게 분배하려 노력한다. 단순히 말하자면 그저 때에 맞게 피거나 혹은 지는 것이다. 그것만 해내려고 하는 데도 힘에 부칠 때가 많다.

나의 작은 새들은 이 혹독한 계절을 어떻게 나고 있을까? 그들은 가끔씩 내게 편지와 엽서와 글자들을 보내준다. 마치 내가 무연(憮然)히 창밖을 볼 때 자신을 떠올릴 거라는 걸 알고 있다는 듯이. 글자들은 종이나 액정 위에서 나비처럼 다정하게 날갯짓을 한다. 나는 아직 황량한 겨울 풍경 속에서, 햇살 같은 온기가 조금씩 움트는 것을 느낀다. 위세를 떨치던 겨울이 지친 얼굴로 서서히 등 굽어가고, 다음 계절에 온 들과 산골짜기를 넘겨줄 채비를 하는 때가 도래하는 것이다. 일단 몸을 일으킨 뒤에는 정신을 일으키려는 노력도 따로 기울여야 한다. 그러기 위해 나는 손을 뻗어서 잡히는 대로 뭔가를 읽어가기 시작한다.

경제적 자립이 가져다준 가장 멋진 점 중 하나는 책을 마음껏 살 수 있다는 점이다. 그럴 돈이 없었던 학생 시절에는 학교를 마치자마자 시내의 대형서점인 K문고로 달려가서 폐점 시간까지 구석에 쪼그리고 앉아 책을 읽었다. 거의 매일 그 거대한 책들의 전쟁터로 비집고 들어서며, 지(知)와 앎이라는 정예부대처럼 줄 세워진 수천 개의 제목들과, 견고한 갑옷 같은 양장 표지에 손 스치며 목뒤가 으슬으슬해지지 않은 적이 한 번도 없다. 지금 달라진 점이 있다고 한다면 이제 그렇게 만난 책들을 집으로 가져올 수 있다는 정도일 것이다. 가난한 시절에는 매일 헤어지고 다시 만나기를 애처롭게 반복해야 했지만, 그 애달픔이 내가 책을 더욱 갈구하도록 만들어주었다.

　나는 연중에 수시로 사서 가지런하게 꽂아놓거나 마구잡이로 쌓아놓은 책 더미들 속에서 나의 새 멘토를 찾아낸다. 《율리시스》를 이해하지 못해도 읽고 또 읽으며 헤질 때까지 펼쳐대던 것처럼, 최근 몇 년간 대단히 관심이 쏠려버린(그리고 내가 무지했던 분야인) 자연과학과 기후 위기 문제, 역사, 인문학 등에서 주목받고 있는 책을 꽤 고심해서 한 권 골라낸다.

　나의 독서량은 대단치 않지만 독서관은 특이한 편이어서, 책 내용이 아무리 어렵다고 해도 그다지 곤란함을 느끼지 않는다. 나는 나의 전문 분야가 아닌 완전히 새로운 세계를 엿볼 수 있다는 점에 흥분과 찬탄을 느낄 뿐, 저자가 평생에 걸쳐 이루어놓은 업적을 내가 단번에 깨칠 수 있으리라고는 착각하지 않기 때문이다. 분야를 막론하고 대단히 기술적인 것은 동시에 대단히 예술적이기도 하며, 고도의 예술 또한 놀라우리만큼 많은 과학적 체계들을 지닌다. 나는 '저곳'과 '이곳'의 차이점만큼이나 공통점 또한 많다는 사실에 즐거워하며, 무슨 비밀이라도 발견해내는 느낌으로 이 책 저 책을 마구 들추어 본다.

재미를 느끼면 집요하게 읽는 편이지만 펼친 책을 끝까지 다 읽어야 된다는 부담은 갖지 않는다. 중간 어디쯤에 책갈피가 꽂힌 채로 놓인 책들은 내 책장에서 얼마든지 찾을 수 있고, 알맞은 때가 오면 그러한 책들을 다시 펼치게 될 날이 올 것을 안다. 또 어떤 훌륭한 책들은 한 번 끝까지 읽었다고 해서 '다 읽었다'라고 단언할 수 없음을 안다. 우리는 누구나 필독 도서 목록을 통해 헤르만 헤세와 톨스토이, 도스토옙스키 같은 문호의 작품을 자의로든 타의로든 읽어본 적이 있다. 그러나 그러한 작품들을 어떻게 십 대 시절에 온전히 받아들이고 느낄 수 있다는 말인가?

이십 대와 삼십 대를 거치며 여러 번 다시 꺼내 읽을 때마다 그 책들은 내게도 매번 완전히 다른 책으로 새롭게 다가왔다. 많은 책이 그렇겠지만 그중에서도 특히 문학은, 우리가 삶을 겪고 받아들인 만큼만 우리의 삶 속에 성립한다.

자, 첫 번째 책을 고르는 장면으로 다시 돌아가보자. 나는 이제 나의 무지가 갈급하는 학구적 욕망을 달래줄 책을 한 권 골랐다. 그러면 그 책을 왼쪽 옆구리에 고정시킨 채로 다음 책을 고른다. 이제는 고개를 돌려 고전 문학에서, 체제에 압살된 문장가의 옥중서신에서, 고대로부터 전해져오는 대서사시에서, 자기표현이 억압된 시대를 살아갔던 여류 작가의 자전적 소설들이 꽂힌 책장 속에서 다음 책을 한 권 더 고른다.

그렇게 두 권의, 서로 관계 맺기 어려워 보이는 책이 선택되면 나의 읽는 계절도 시작된다. 나는 그 두 권의 책을 차별 없이 비슷한 속도로 함께 읽어나간다. 이 책을 읽다가 갑자기 또 저 책을 읽는다. 그리고 또 다음 두 권을, 그다음의 두 권도 그렇게 한다. 왜냐하면 그러한 독서법이 나의 창작에 균형을 가져다준다는 걸 알기 때문이다. 그 균형은 창작 활동의 지속성을 공고히 해준다는 점에서 대단히 중요하다. 나의 지난 음반 중 〈월령〉의 노래들을 예로 들어본다. 그 음반은 천문학과 기후 위기에 대한 관심, 문학적 표현과 고전적 상상들이 서로 균형을 이루어 쓰이고 불린 것이다. 양쪽 모두 그 시기에 내가 사랑하고 심취했던 것들로, 서로 연결성을 지닌 것처럼 느껴지지는 않지만 나를 통과해 나가며 새로운 형태로 재조립된 것이라 할 수 있다.

나의 소중하고 작은 새에게.
나는 당신이 텍스트에 목을 축였으면 한다. 갈증을 채우고 깃 사이사이에 엉긴 먼지들을 씻어 내려 그 안에서 날개를 펴고 참 방대는 몸짓이 되길 바란다. 도시에 사는 우리들은 어깻죽지가 기름때로 엉겨 붙기 쉽다. 스스로 더러워진 깃을 골라내지 않으면, 이내 날아오르기를 시도하는 일조차 버거워지게 된다.

우리가 일상에 갇혔다고 느낄 때 회색 하늘과 먼지 구름을 올려다보면서 어디론가 떠나고 싶은 충동을 느끼곤 하는 것은, 그 어딘가에 아름다운 쉴 곳이 있음을 알고 있기 때문이다. 그러나 모종의 이유로 일탈적 여행이 성사되지 않는다 해도 당신 마음속에 있는 작은 새는 언제든지 새로운 앎을 통해 우리 행성계의 끝자락과 그 너머까지도 가볼 수 있다. 우리를 짓누르는 삶의 문제가 점처럼 하찮게 보이는 대기권의 높이까지, 텍스트적 만족감이 안겨주는 정신적 고양을 통해 날아오르는 것 또한 그리 어렵지 않다. 그러니 영혼을 일으켜 때때로 텍스트에 투신해보는 것은 어떨까. 맑은 샘물처럼 오랜 시간 숙고함으로써 정제된 문장들에 몸을 담그고, 당신 안에서 튀어오르는 단어와 낱말들을 백지 위에 쏟아냄으로써 무거운 머리를 비워내는 것이다. 모든 종류의 예술과 텍스트의 공통점은 그것이 언제나 양방향으로 동시에 작동한다는 점이다. 순수한 의도를 가진 예술은 행위자와 경청자 모두를 언제나 동시에 치유해낸다.

글과 그 안에 담긴 생각은 우리가 가진 어떤 종류의 목마름도 손쉽게 해소해낸다. 나도 5분 남짓한 가사들로 하여금 그러한 순간들을 재현해보려 늘 꿈을 다지곤 한다. 어떤 글들은 시대의

향기와 풍경을, 때로는 총성과 외침을 내포하고 있으면서 사슬처럼 서로 연결되거나 강한 고리로 엮여 있다. 한 개인의 일생을 거쳐 탈고되어온 믿음 혹은 그 신념의 방향은 우리의 삶이 아홉 갈래 혹은 그 이상의 갈래로 얼마든지 퍼져나갈 수 있음을 시사해주기도 한다.

나와 당신은 점점 좁혀드는 듯한 착각을 일으키는 자신의 세계에서 종종 질식하는 느낌을 경험한다. 우리는 일부러라도 바깥을 향해 시선을 돌려야 하고 그런 의미로 모든 텍스트와 그를 포함한 예술들은 바로 우리 자신의 '외계'라고 할 수 있다. 우리는 무한한 외계를 누비며 행성과 행성 사이를 오갈 수 있다. 사실 바로 거기에 개인적 세계의 팽창과 연결, 구원이 있다.

좋은 글은 안개 속에서 몽롱해진 우리를 흔들어 깨우고 등대의 빛처럼 직선으로 날아든다. 선대의 '우리'가 남긴 중요한 비밀들을 잘 간직했다가 다시 후대의 '우리'에게 온전히 전달하라는 임무를 맡기기도 한다.

내 생각에 텍스트는 인간 내면의 가장 완성적 표현이며 모든 예술의 시작이자 뿌리이다. 오직 인간만이 이러한 방식으로 시간의 무자비함에 대항한다. 처음 본 타인을 향한 희생이나 미움을 내포하는 사랑 혹은 가족을 해친 자에 대한 연민처럼 동물적

본능을 넘어서는 복잡한 감정계를 지닌 우리들이 후대에 남기고 전할 수 있는 것은 오직 자연 선택에 따른 유전적 정보만은 아닐 것이다. 텍스트는 그런 의미로 보았을 때 우리의 정신적 유산을 복제하여 가장 널리 퍼트리는 행위이기도 하다.

어쩌면 우리의 삶도 저 이해하기 어려운 책들처럼, 천천히 읽어 내려가고 공들여 쓰여야 하는 종류의 것일지 모른다. 우리의 인생은 곤란을 겪어내고 외로움을 받아들이면서 가장 완전한 균형을 이루기 때문이다. 모두 다른 소리로 노래하는 저 '바깥'의 새들을 보라. 당신 자신의 목소리를 누군가가 똑같이 흉내 낼 수 없는 것처럼, 우리 인생의 텍스트 역시 모두가 저마다 다른 언어로, 삶이라는 여백 위에 사각사각 쓰이고 있는 것이다. 그러니 계속 치열하게 펼치고, 작은 먼지바람을 일으키며 세계 덮어 버리자. 그리고 마음이 동한다면, 거기 한 귀퉁이에 겁 없이 나의 생각들을 써넣어 보기도 하자. 우리의 책은 아직 완성되지 않았고, 어쩌면 지금 이 순간에도 한 글자 한 글자 힘주어 새겨 넣고 있는 중일지 모르니 말이다. 나 역시 '나의 외계'를 향해 부족한 글들을 열렬히 남겨둔다. 서로의 외계를 여행하며 우리의 내적 세계는 무한대로 연결되고, 무한대로 팽창한다.

그동안 내가 이룬 것은 많지 않으나

당신과 나 사이에 이토록 분명한 연대가

쌓아 올려진 것이 놀랍다.

우리가 노래를 사이에 두고

그토록 서로를 선명하게 느낄 수 있음이 놀랍다.

그래서 쓰고 또 계속 불렀다.

'만신창이처럼 비틀대도' 당신의 앞에 다다르기를,

당신의 '안'을 계속 두드리길 바라면서.

나는 모든 사람에게 내 노래가 들려지길 꿈꾸지 않는다.

필요한 당신에게 온전히 가닿기를.

필요한 순간에 온전히 쓰이기를.

내가 바라는 것은 그것이고,

그것으로 나에게 이미 충분하다.

앨범 〈몸과 마음〉 중에서

"너의 앞에 내가 설게

너는 너무나도 작고 약하지만

아름다운 안을 가진 걸"

생존자에게서 온 편지

당신은 나에게 전해온다. 당신 인생에 어떤 일이 있었고 그 시간이 얼마나 고독했는지를. 그리고 부모 형제를 포함한 가까운 그 누구에게도 해보지 못한 이야기를 나에게 털어놓는 것을 연거푸 사과하며 미안해한다. 당신에게 너무 괴롭고 아픈 이야기인 나머지 애꿎은 사람에게 괜스레 짐을 더하는 건 아닌지 걱정하는 것이다.

나의 사랑스럽고 선한 당신을 향해 여기 절실하게 덧붙여둔다. 당신은 나에게 어떤 것도 사과할 필요가 없다. 나는 기꺼이 당신의 이야기를 듣길 원한다. 사실 나는 그러려고 여기에 있다.

지금껏 쓰고 부른 수십 곡의 노래들이 내가 한 말의 진심을 증거한다. 그게 거짓이라면 내가 왜 지금까지 사랑 노래의 범주에서 벗어난 가사들을 그토록 숱하게 써왔겠는가. 나는 많은 노래에서 꽤 직접적인 문장들로 어떤 마음들을 전해왔다. 당신은 그 메시지를 분명히 들었고, 내가 부르는 목소리를 선명하게 들었을 것이다. 그래서 자연스레 어쩌면 거의 반사적으로 대답한 것뿐이다. 나는 그런 일련의 과정을 믿는다. 노래가 물음이면 반드시 대답도 있다.

이 정도 이야기를 하는 것만으로 당신의 불안한 마음이 단번에 나아지지는 않을 것이다. 다정한 당신은 살아오면서 누구에게 상처를 준 일보다 상처받았던 일이 훨씬 많기 때문에 본능적으로 다친 쪽의 상태에 먼저 공감하는 것일지도 모른다. 당신은 이런 어두운 이야기를 해서 미안하다거나 자기 우울함을 옮기는 건 아닌지 두려워한다. 때론 '징징대서' 미안하다는 말도 한다. 그럴 때 나는 가장 마음이 아프다. 그런 표현들은 아마 당신의 안에서 나온 말이 아닐 것이다. 당신이 세상에서 들었던 말이지, 들어야 했던 말은 결코 아닌 것이다.

당신이 걱정하는 것처럼 당신의 무게는 결코 나에게 가중되

지 않는다. 나의 책임이 당신에게 지워질 수 없듯 당신의 어둠
도 오직 당신만의 것이기에. 우리는 비슷한 경험을 하였거나 그
것을 이해하는 누군가와 고통을 나누었을 때, 그 무게가 변화함
을 단번에 느낀다. 그래서 자기 짐을 떠넘겼을지 모른다고 생각
할 수 있지만, 사실은 지고 있던 것을 잠시 땅에 내려놓은 것뿐
이다. 너무 오래 지고 있어 내 몸의 한 부분이 되어버린 듯한 멍
에를, 잠시나마 내려놓고 팬 등을 서로 살펴주듯이. 그러니 부디
안심해달라. 내가 아니라 그 누구에게라도 당신의 무게는 전가
되지 않는다. 그래도 우리는 때때로 등을 맞대며 서로의 체온과
마음을, 이야기와 노래를 한없이 나눌 수 있다.

　나는 당신의 아픈 고백을 통해 당신을 조금 더 이해하게 되
고, 내가 얼마나 애틋한 사람을 위해 노래하는지 알게 되었다는
점에서 행복하다. 나는 무대 위에서 당신을 알아볼 것이고 그때
가 되면 우리는 더 뜨겁게 서로의 손을 깍지 끼게 될 것이다. 뿐
만 아니라 당신의 상처가 심연에서 꺼내어져 내게로 왔다는 점
에서 나는 또 한 번 행복하다. 우리의 상처는 어둠 속에서 간직
될 때만 우리를 해칠 힘을 가지기 때문이다. 말이나 글로 바깥에
내뱉고 나면, 그 끌어낸 행위 자체만으로도 괴물은 제 이빨과 발
톱을 몽땅 잃는다. 우리는 충동을 억누르지 말아야 한다. 내 안

에서 나가라고, 나는 더 이상 너를 먹이고 살찌우지 않겠다고 외치고 싶은 그 충동을.

이렇게 우리는 서로 연대하기 위해 서로를 발견했을지도 모른다. 방송 매체에 출연하지 않는 나를 당신이 알게 된 것은 '발견하였다'는 말이 아니고서는 도저히 설명이 되지 않는다. 내 노래 '안'의 가사에서 말하듯 '화살처럼 서로를 향해 쏘아진 채' 우리는 만나게 된 것일지 모른다. 덕분에 나는 많은 사람 속에서도 뭉뚱그리지 않고 늘 거기 선명하게 파란빛을 내는 당신을 본다. 그럴 수 있는 유일한 이유는 내가 조금이나마 당신의 영혼에 대해서 알고 있기 때문일 것이다. 그럴 때 나는 당신에게 또 한 번 고마워한다. 서로를 두드렸고 기꺼이 열어주었음에 감사한다. 그러한 연대감이 우리의 노래를 완성한다.

우리는 동시대를 살고, 집단적 무의식을 공유하며, 비슷한 것들을 소유하거나 박탈당하곤 한다. 그래서 아무리 서로 다른 환경에서 살아온 사람들이라 해도 모두가 조금씩은 일련의 접점을 가지고 있는 듯하다. 게다가 우리는 음악이라는 위로에 한데 뿌리를 두고 거기에 속해 있다. 그 숲에는 나와 당신뿐 아니라 수많은 사람이 우거지며 지금 이 순간에도 서로 가지를 맞대고 있다. 만날 수 없는 동안 나는 혼자 노래하기도 하지만 너무 염려치 않아도 좋다. 나는 당신이 내가 매일 노래하는 극장의 열쇠를 가지고 있는 것을 안다. 객석이 어둠으로 뒤덮여 있어도, 나는 당신이 분명 거기 있는 것을 안다.

어떻게 하면 우울과 후회에서 벗어날 수 있는지 묻는다면, 나도 잘 모르겠다. 단지 나는 과거의 슬픔을, 이미 일어난 어떤 일들을 내 뒤에 두기로 자주 결심한다. 그것들과 함께 사는 것도 고통이지만, 그것을 앞세우고 뒤꽁무니를 따라 걷는 것은 더 지옥일 것이다. 미래에 상상하지 못했던 어떤 멋진 일이 일어나든, 우울과 후회가 먼저 가서 그것들을 차지하고 있다고 한다면 애써 살고 싶지도 않을 것이다. 그런데 우리가 불안에 턱끝까지 잠기게 되면, 그런 어리석은 착각도 곧잘 하게 된다. 내일도 모레도 계속 이럴 거라고. 아무것도 달라지지 않을 거라는 판결을 쉽게 내려버리는 것이다. 나도 그렇다.

과거에는 그렇게 빼앗긴 시간들도 있었지만, 더 이상은 안 된다고 말해야 한다. 내 귀가 들으라고 내 입으로 말해주어야 하는 것이다. 그리고 어둠이 깜짝 놀라서 내 곁에서 물러서도록, 악을 쓰고 발을 구르면서 마구 달려가버리는 것이다. 너무 지치고 힘이 빠져버렸다면 언제든지 쉬어도 좋지만, 느릿느릿한 우울이 가까이 따라붙는다고 느껴질 때는 힘을 내서 가고 매일 또 가는 것이다. 내일을 바라보는 것은 창밖을 보는 일과 비슷하다. 비행기에서도, 달리는 기차에서도, 심지어 감옥 안에서도 창밖의 풍경은 언제나 설렘과 기쁨을 준다. 과거를 바라보는 것은 울면서 거울을 보는 것과 비슷하다. 나는 거울 대신 창밖을 보려고 할 뿐이다.

　　슬프고 괴로운 일은 매일 일어난다. 어제도 어떤 끔찍한 뉴스 속에서 한 여인이 이렇게 말하는 것을 보았다.

　　"나는 피해자라는 말이 불편하다. 그 말은 계속해서 나를 가두고 비난한다. 나는 피해자가 아니라 생존자다."

　　나는 피해자가 아니라 생존자다. '생존자'라는 말이 내 마음을 크게 때렸다. 괴로운 일이 있을 때마다 우리는 자기도 모르게 스스로를 다그쳐왔다. 내가 부족했기 때문에, 내가 어리석었기 때문에, 내가 게을렀기 때문에, 내가 준비되어 있지 않았기 때문에. 하지만 정말 그랬을까? 정말 그 모든 일이 아직 어리고 미숙했던 그 아이의 잘못이었을까? 한때의 실수로 그렇게 모든 것이 망가지고 잘못되었을까? 나는 자신 있게 말해줄 수 있다. 아니다. 아직 아무것도 잘못되지 않았다. 그 증거도 있다. 당신이 살아 있기 때문이다.

나는 당신이 내게 보내준 글을 읽으며 당신이 겪었던 슬픔 위에 세워진 용기를 본다. 그 모든 일에도 불구하고, 당신은 매일 살아남아 다시 한번 더 내게 생존을 약속한다. 나는 당신을 세게 안아줄 수 없어 급한 대로 이곳에 글을 남겨두기로 한다. 주먹이 꽉 쥐어질 만큼 당신이 자랑스럽다고. 당장 고개를 들고 어깨를 펴라고. 당신은 더 이상 피해자가 아니라고. 당신 인생의 떳떳하고도 유일한 생존자라고.

둥지 짓는 새

월.

　자주 드나드는 공원 초입의 왕벚나무 가지 위에 어떤 새가 조그맣게 둥지를 틀기 시작했다. 아직은 설계 단계에 지나지 않아 보이는 허술한 형태에는 앞으로 채워 넣을 부분들이 많아 보인다. 다행히 이 공원에는 땅에 떨어진 채 바삭하게 잘 마른 나뭇가지들이 지천에 널려 있다. 작은 새들이 힘들지 않게 물어다 나른 뒤 이리저리 찌르고 엮어 넣어서 튼튼한 둥지를 완성하기에 아주 적격인 재료들로 보인다. 나무 아래를 지날 때마다 고개를 들어 가끔 진행 상황을 지켜보는 것뿐인데도, 둥지가 지어지는 과정에 일조라도 하는 양 마음이 푸근해진다. 오늘은 새 집이 완성되었을까? 기대감을 품고 걷는 걸음에는 초봄 같은 운율감이 포르르 따라붙는 듯하다.

화.

아직 앙상한 나무들을 자세히 살펴보면 가지 위로 무언가 티끌 같은 것들이 조롱조롱 움트고 있다. 지난겨울 눈밭에 찍혀 있던 새 발자국 같은 모양으로 마디마디에 모두 열심히 돋아나고 있다. 개중에는 예쁜 연녹색이나 발그레한 속 빛을 띠고 있는 것들도 많다. 자세히 들여다보는 사람만이 눈치챌 수 있도록, 살짝 벌린 틈새로 작은 환희들을 엿보여준다. 3월 초순에 불과한데, 이상기온으로 인해 벌써 초여름 같은 낮 더위가 번지니 나무들도 혼란하지 않을까? 나는 공상에 빠지며 걸음걸이가 느려진다. 그들은 어떻게 '바로 지금'이라는 걸 알아채는 걸까? 온 세상이 약속한 듯 동시에 꽃눈개비를 와르르 터트리는 순간에 이르러서야, 우리의 무채색 도시에서는 봄이 도래한 사실을 겨우 알아차리는데 말이다.

수.

눈에 띄지 않을 만큼 아주 느린 속도로 둥지는 완성되어간다. 요즘처럼 곡 쓰기가 진행되지 않을 때는 부둥킨 것들을 다 내려놓고 밖으로 나서야 한다. 애석하게도 내가 밤의 적막을 켜켜이 들추어 보는 동안 그만큼의 아침을 전부 놓친 것 또한 인정해야 한다. 하지만 다행이다. 둥지는 점차 완성되어가고 있다. 답답하리만치 느리지만 빈 곳들이 조금씩이나마 더 촘촘하게 메워지고 있다. 나도 그들처럼 매일 작은 나뭇가지 하나를 주워 빈 마음속에 하나씩 쌓아가고 있다고 생각해본다. 그런 식으로 진척 없는 작업의 막막함을 달래는 것이다. 어느 날 연녹빛 새순이 반짝거리고 연한 잎사귀들이 보드라운 아가의 손처럼 활짝 펼쳐지면, 녹음에 홀린 어떤 이는 문득 잎들 사이에 숨겨진 저 둥지를 발견할지도 모르겠다. 작은 새의 고귀한 노고는 사라지고, 그냥 원래부터 늘 거기 있었던 것처럼 보이겠지만.

목.

그 애는 언제나 가진 힘보다 더 많은 힘을 내며 살아왔다. 그 애는 아주 꿋꿋하고 대체로 모든 것을 잘 견디지만, 가끔은 피가 흐르는 무릎을 하고서 내게 온다. 그 애는 이렇게 묻는다.

"언니(누나), 왜 이렇게 모든 게 힘들까요? 그렇게 특별하고 대단한 걸 원하는 것도 아닌데, 왜 이렇게까지 힘들어야 하는 걸까요? 도대체 어떻게 살아가야 하는 걸까요? 나는 무엇을 위해서, 왜 살고 있는 걸까요?"

금.

응달에 나뭇가지들이 떨어져 있다.

우리에게는 하등 무가치해 보일 뿐인 저 여윈 가지들을 새들은 한곳에 나르고 엮어 모아 아늑한 둥지로 완성해낸다. 우리는 그것을 발견할 때 사뭇 감탄하고 대견해하기도 한다. 그러나 우리는 완성된 '둥지'라는 결과를 눈으로 보고 단순 이해할 뿐, 둥지를 이루고 있는 저 하나하나의 나뭇가지를 모두 별개의 노력으로 인식해내지는 못 할 것이다.

지금 허공에 쌓아 올리고 있는 우리의 허술하고 투박한 삶의 얼개. 누가 응원해주는 것도 아니고 지켜봐주는 일도 없이 처음부터 삐뚤빼뚤 혼자 엮어나가야만 하는 것이 어쩌면 바로 우리들의 삶이자 둥지이다. 지칠 만큼 긴 시행착오를 거치며 견딜 수 없이 느린 듯 보이지만, 아주 조금씩이라도 뭔가가 서서히 이루어지고 있음을 믿어주어야 한다. 우리가 완성하기 전까지는 아무리 가까운 사람에게라도, 우리의 작은 시도들이 무가치해 보일 수도 있다는 것을 인정하면서. 혹은 이해하면서.

토.

며칠째 둥지 짓기에 진척이 없다. 마찬가지로 며칠째 단 한마디도 덧대어지지 않는 곡 작업에 이골이 나버린 나는, 아예 가까운 벤치에 자리를 잡고 앉아 둥지의 주인들을 기다려보기로 한다. 하지만 해가 다 저물어가도록 나뭇가지를 물고 날아드는 작은 새의 모습을 끝내 발견하지 못한다. 잠시 섭섭한 마음도 들었지만 이내 씩씩하게 마음을 챙겨 주변을 걷다 집으로 돌아왔다. 그래, 어쩌면 그 새들은 다른 곳에 둥지를 짓기로 한 걸지도 모르겠다. 공원 초입 어귀에서 늘 사람 시선을 타는 나무 위보다, 더 아늑하고 따사로운 자리를 발견해낸 것일지 모르겠다. 둥지를 짓는 데 필요한 작은 나뭇가지는 어디에나 있으니까. 나는 빙긋이 웃는다. 새들을 보내준다. 마음을 내려놓는다.

새들이 여태 짓고 있던 둥지에 미련을 느껴서, 혹은 처음부터 다시 시작할 용기가 없고 새로운 도전이 두려워진 바람에, 아니면 떠나도 되는지 그냥 머물러야 하는지 결정하지 못해서 가슴 치며 밤새 괴로워하는 일 같은 건 아마 없었을 것이다. 그런 마음의 낭비는 오직 사람만이 한다. 나는 크게 한숨을 내쉬어본다. 마음속에서 나뭇가지들을 가만히 엮어가며 형태를 만들어본다.

더 이상 나아가지 않을 때 조그맣게 옆으로 난 갈래 길을 발견한다면, 소란 떨 것 없이 그 순간의 마음과 직관을 따라도 된다. 그렇게 한다고 해서 큰일이 나지 않는다는 것을 우리 모두는 의식적으로 잘 알고 있다. 알면서도 쉽게 용기 내지지 않는 이유는 우리가 '그래도 된다'는 말보다 '그러면 안 된다'라는 말에 더 익숙해져 있기 때문이다. 마음을 따르고자 하는 충동 앞에서도 늘 '그러면 안 될 것 같은' 기분에 더해 일정 부분 죄악감마저 느끼게 되는 이유다. 온갖 불안과 불편, 불리가 날뛰며 우리를 거칠게 밀어낸다. 우리가 선택할 수 있는 새로운 기회에서 저만치 나가떨어진 뒤에 이미 주어진 길만 따라 걷도록 종용한다. 거기서 물러서지 않고 눈을 들어 멀리 보면, 실제로는 아무것도 그렇게 잘못되지 않는다는 사실을 알아차릴 수 있다. 우리는 또 다른 나무 위에 새로운 둥지 짓기를 시작해도 된다. 나는 '그래도 된다'라고 조그맣게 소리 내 말해본다. 그래도 된다. 아무것도 잘못되지 않는다. 다시 시작해도 된다. 우리 모두는 언제나 '그래도 된다'.

　　겨우내 잠가두었던 걸쇠를 풀자 햇살이 강물처럼 내 안에 밀려들었다. 갑자기 마음 여기저기에서 새순 같은 용기가 성글성글 솟아오른다. 얼른 눈 비비고 흐릿하게나마 주위를 돌아보니, 둥지 짓던 그 새와 내 삶의 몸짓들이 언뜻 하나로 겹쳐 보이는 듯하다. 나는 새에게 배운 것들을 마음 어딘가에 빼곡히 써두기로 한다. 언젠가 목 막혔던 물음에 대한 답장이 될 수 있길 희구하면서.

나도 모른다. 삶이 무엇인지, 그것이 결국에는 어떤 하나의 의미로 수렴될 수 있는 것인지조차 확신하지 못한다. 의미와 이유란 거대한 것들로, 이토록 작은 존재인 우리가 한 손으로 낚아챌 수 있는 것은 아닐 것이다. 어쩌면 우리가 살아 있는 동안 이 모든 물음도 여전히 물음인 채로 계속 거기 존재할지 모른다. 우리는 나뭇가지 한 개만큼의 깨달음을 엮어내며 살아간다. 하지만 적어도 우리 삶의 이유가 이런 것은 아닐 듯하다. 남 보이기에 그럴듯한 뭔가를 기어이 완성해내기 위해서, 하루 종일 나뭇가지를 주워 모으느라 더 이상 노래하지도 날지도 못한다면 그것이 과연 새에게 옳을까? 나에게는, 우리에게는 과연 그런 삶이 옳을까?

일.

나는 춤추듯 걷는다. 꽉 막힌 채 너무 오래 머리를 아프게 했던 낡은 작업물들을 책상 아래로 밀쳐내버리고 언제든 새로운 뭔가를 시작할 수 있도록 마음 한편을 비워두기로 한다. 지난 일주일간 새 둥지를 관찰하면서 알게 된 점 중에 하나는, 새들이 일면 나보다 혹은 사람보다 더 지혜로울 수도 있다는 것이다. 이제 나는 미완성으로 남겨진 빈 둥지를 올려다볼 때마다 새들이 거기에 남겨놓고 간 전언을 어렵지 않게 상기한다. 이를테면 바로 이런.

초조해하지 말기를, 누구에게 어떻게 보여질까 의식하지 말기를. 대단찮은 어제에 묶여 있지 말기를. 마음을 따르고, 늘 새로움을 선택하기를. 나아가기를. 아무리 하찮아 보일지라도 상관없다는 강한 마음으로, 작은 나뭇가지들을 하나씩 모아 엮어가기를. 얽매이지 말기를.

둥지를 짓는 새처럼, 둥지를 떠난 새처럼.

살아가기를.

밤의 정원

나는 깊은 밤 혼자 땅바닥에 엎드려서, 빈 공책에 시를 쓰는 아이였다. 시를 쓰면 꼭 소리 내 읽으면서 박자를 맞춰보곤 했다. 운율이나 행과 연, 행간 걸침에 대한 개념 같은 것은 있지도 않았던 나이였지만, 글이 음악적으로 맞아떨어질 때 가장 아름답다는 느낌을 받았던 것 같다. 쓴 것을 누구에게 보여준다는 상상조차 해본 적 없지만, 행위를 지속하는 그 자체로 나 자신에게 내밀한 치유와 지적 유희가 되었다. 아, 지금 생각하면 그게 바로 모든 것의 시작이었던 듯하다. 나는 매일 뭔가를 쓰고 불렀고 지금 이 순간조차도 그렇게 하고 있다. 그때와 다른 점은 이제 나의 시들이, 제법 많은 사람과 함께 나누어지고 있다는 것뿐이다.

중학생 시절에는 교내 시 쓰기 대회에서 수상을 하기도 했었지만 누구나 시간만 들인다면 그 정도는 쓸 수 있을 것이라 생각했다. 실제로도 대단치 않은 수준이었다. 지금껏 '시와 가사는 다르지 않다'라고 공공연히 말해왔던 이유는, 나의 가사들이 그처럼 시 쓰기로부터 자연스레 비롯되어 왔음을 알았기 때문이다. 마치 꽃 진 자리에 열매 맺듯 섭리와도 같은 흐름을 통해서, 운율을 가진 시에서부터 음률을 지닌 가사로 발전되어 온 것이다.

　'내 노래'라는 것을 아직 상상할 수 없던 시절, 노래를 연습할 때 가장 어려웠던 부분은 의미를 파악할 수 없는 가사들로 인한 목 막힘이었다. 조화로운 화성과 그 위를 거니는 멜로디들은 그 자체만으로도 분명 아름다웠다. 하지만 음악 속 세계를 다양한 시대들로 순식간에 확장시키거나 색깔과 감촉, 시대정신과 철학을 불어넣는 역할은 언제나 가사만이 해낼 수 있는 일이었다. 게다가 그 은유들, 온갖 함의와 중의와 암시들이 저마다의 작은 빛을 반짝이며 반딧불이처럼 어둠 속을 장식하는 걸 떠올려보시라. 나에게 있어 시와 가사는, 진정으로 다르지 않은 한 몸이었다.

　우리가 골머리를 싸매고 해석할 필요가 없어야만 하는 보편적 예술에서는, 도드라져 보이는 외관에 집중한 나머지 안에 있는 것들을 소홀히 하게 되는 일이 빈번하게 나타난다. 그건 마치 형식과 스타일이라고 하는 금칠 된 빈 그릇만 있고 내용물은 아주 빈약하거나 아예 없는 것과도 같다.

나름의 진중한 관찰 끝에 좋은 노래의 심부(深部) 안에는 공통적으로 무언가가 들어 있다는 걸 알게 되었다. 그래서 나도 내가 부르는 노래 안에 무언가를 집어넣고자 했다. 그냥 노래를 하고 싶지는 않았다. 정말로 좋은 노래를 하고 싶었고 거기에 대해 늘 목말라했던 것 같다. 집요했다.

종종 발견하게 되는 별빛 같은 노래들은 아름답게 반짝이면서도 긴 생명력을 갖고 있다. 하지만 여전히 '나의 것'은 아니라는 문제를 포함하고 있었다. 그저 감상하는 입장에만 놓여 있었다면 전혀 문제 삼을 필요가 없는 딜레마였다. 그러나 나는 끝을 모르고 계속 원하며, 늘 불충분한 기분에 사로잡혀 있었다. 절박하게 어떤 훌륭한 것에 가닿아보고 싶었던 것이다. 나의 성장기가 비참했기 때문에 절실히 그 반대급부를 원했던 것일지도 모르겠다. 어딘가에 이보다 더 나은 삶이 있다고 듣고서 사막을 횡단하는 여행자처럼, 나는 온전히 부르기 위해서는 반드시 써야 한다는 사실을 모래 더미들 사이에 파묻힌 채로 깊이 절감하게 되었다.

한 곡의 노래에서 가사는 뼈이자 토대이며, 음악은 그것을 부드럽게 감싸는 살과 잎사귀들이고, 마지막 해석자인 가수의 목소리는 그 위에 입혀지는 아름다운 비단 옷, 만개하는 꽃송이와도 같은 것이리라. 그렇다면 영혼은? 노래 안에 영혼이 머무르는 곳은 어디일까? 과연 그런 공간이, 그러한 자리가 존재한다고 볼 수 있을까? 우리는 망설임 없이 곧바로 대답할 수 있다. 그렇다, 당연하다고. 우리 모두는 음악을 들으면서 믿을 수 없을 만큼 고양되고, 설명하기 어려울 만큼 놀라운 경험들을 해본 적이 있다. 의심할 바 없이 분명한 그 지점을 찾아내기 위해 나는 여러 가지 실험도 하고 궁리도 하게 되었다. 직접 곡을 써보기 시작한 것이다.

최초의 습작들이 얼마나 어설프고, 가당찮은 재료로 쓰였는지 기억한다. 그래도 내가 스스로 떳떳할 수 있었던 이유는 그 재료라고 하는 것이 수준 낮아 보일지라도 진정 나 자신에게서 비롯된 것들이었기 때문이다. 만약 누군가가 어떠한 도움과 탄탄한 뒷배경도 없이 예술과 창작에 투신하고자 한다면, 나는 한 가지의 규율만을 가슴에 품고 갈 것을 권해주고 싶다. 다만 진실할 것, 절대 스스로를 속이지 않을 것.

오직 진심 어린 실토만이 사람의 겹겹으로 둘러싼 온갖 껍질들에 침투하여 마음 저 안쪽까지 가닿게끔 한다. 굳이 집단 무의식에까지 기대지 않더라도, 저이 역시 나만큼이나 외로움을 이해하고 있다는 사실을 진정으로 믿을 수 있어야 한다. 화자와 청자 사이를 선 긋는 장해물들을, 무의미한 형식으로 여기며 단호히 무시해야 한다. 동시에 때 묻은 자의식의 거울 앞에서 벗어나 헌신적인 경청자의 두 눈 속을 의심 없이 들여다볼 수 있어야 한다. 서로를 바라보는 것만이 가장 맑고 선명한 투영이 될 수 있음을, 표현하고자 하는 이는 어느 누구보다 기민하게 눈치채야 하는 것이다.

빨리 화려해지고 싶어서 남의 꽃을 꺾어다가 자기 가지에 매달아본들, 대기를 온통 물들이는 향기마저 뿜어내게 할 수는 없을 것이다. 그러니까 시간과 공을 들여 무던히 이루시라. 그렇게 이룬 것만이 빼앗을 수 없는 당신의 것이라고. 당신의 이름이며 당신이 설 땅이며, 당신이 세운 세계가 된다는 것을 정직히 믿으시라고.

그동안 영감의 출처에 대해 많은 질문을 받았는데, 그럴 때마다 나는 약간의 좌절감과 함께 깊은 상념에 빠지곤 했다. 영감이 어디에서 오는지를 고사하고, 영감이 과연 무엇이며, 내게 그런 것이 정말 있는가 하는 생각마저 들었기 때문이다. 오랜 고민 끝

에, 〈밤의 정원〉의 작업기를 통해 그 답에 비슷한 것들을 이야기
해볼 수 있겠다는 생각이 들었다. 위에서 말했던 것처럼 '단순
한 규율을 지키는 것'만이 오직 나의 유일한 규율이다. 그 밖의
소위 영감이라고 칭할 수 있는 것은, 내가 와르르 쏟아낸 뒤에
다시 주워 담곤 하는 그것은.

그것은 사방에서, 온갖 것들과 그들의 안과 밖에서 온다. 완
전한 밤의 침묵에서, 터지듯이 열리는 창문에서, 흰 건반과 검은
건반 사이에서, 내 방 천장의 모서리에서, 체인 빠진 자전거의
절뚝임에서, 기록적인 폭우에서, 먼지들의 춤에서, 책 더미와
소금 한 줌에서, 섬광 같은 찰나와 박수갈채 속에서, 헌신과 젖
은 눈빛들과 더러워진 맨발에서, 중독적인 집요함에서, 구부러
트릴 수 없는 경도(硬度) 안에서, 불면증과 짝을 이룬 과수면에
서, 존재를 다중적으로 분리함에서, 거기 적응해낸 이후의 일치
감에서부터 온다.

그 모든 과정을 관통하며 노래는 비로소 하나의 온전한 존재
가 되는 것이다. 오직 그런 노래들만이 듣는 이를 신비로운 방
법으로 안아주고 또 그 존재에게 안겨드는 경험을 할 수 있게 한
다. 그런데 하나의 음반을 완성하고 난 후의 나는 그것을 쓸 때

의 나와는 또 다른 인물이 되어 있다. 그래서 다시 새로운 나를 재료로 하여, 계속 이어지는 다음 이야기들을 쓰고 또 부를 수 있게 되는 것이다.

〈밤의 정원〉에서 노래하는 여인은 우리를 향해 이렇게 말한다.
'여기 넘어진 채로 우리 함께 엉겨 쉬면 어떠리.'
나는 클림트의 그림 속 황금빛 존재들처럼, 우리도 함께 엉기어 내적 혼용(混融)을 이루기를 꿈꾸고 있다. 어쩌면 그 일은 이미 일어났거나, 우리의 생각보다 더 자주 일어나고 있을지도 모른다.
넘어진 뒤 피 흐르는 무릎 위로 욱신한 통증을 참으며 득달같이 일어서려 바둥대지 않아도, 그래도 괜찮다는 것을 당신에게 전해야 했다. 나의 화법(畫法)으로.

당신은 한 번도 그럴싸한 빈껍데기를 원한 적이 없으며 내 안에서 가장 오래 연마된 것들과 그중에서도 제일 순도 높은 것만을 서슴없이 취한다. 나는 진주조개처럼 내 살 속에 박힌 날카로운 조각을 끝없이 감싸고 또 감싸서 작고 영롱한 진주 한 알로 만들어보려 애써왔을 뿐이다. 눈부시게 찬란하거나 대단히 화려하지는 못하더라도, 내가 드리는 모든 것은 적어도 진짜임을.
깊은 밤, 깊은 잠, 깊은 밤.

우리는 언젠가 틀림없이 죽어요

1.

할아버지께서는 어린 나의 얼굴을 두 손으로 감싸고 눈을 똑바로 마주 보게 하신 뒤 늘 이렇게 말씀하셨다.

"살아 있거라. 살아만 있으면 반드시 좋은 날이 온다."

여섯 살에도, 열네 살에도, 스무 살에도 한결같이 단단히 당부하셨다. 지난해 할아버지를 하늘로 보내드리기 전까지는 그말의 뜻을 몰랐다. 물론 지금도 전부 안다고는 생각지 않는다.

할아버지를 보내드렸던 일은 아직도 나에게 안개같이 흐릿한 기억으로 남아 있다. 새벽에 할아버지와 손을 잡은 채 화려하게 장식된 밤 축제를 걷는 꿈을 꾸었고, 잠에서 깨는 순간 동생의 전화를 받았고, 옷가지를 챙겨 입을 정신도 없이 장례식장에 도착해 가족들을 만났고, 하얀 국화꽃으로 장식된 사진 속에서 할아버지의 얼굴을 보았다. 이틀 밤이 지나서 화장터에 갔고, 할아버지의 정강이뼈에 이식되어 있던 금속 막대를 보고 아빠가 처음으로 울음을 터트리시는 걸 보았고, 할아버지를 작고 윤이 나는 단지에 담아 장지로 다시 넘어가는 내내 "아부지가 따뜻하다"라고 중얼거리시는 소리를 들었다. 할아버지는 생전에 미리 정해두셨던 천주교 장지에 묻히셨다. 아래로 내려다보이는 트인 풍경이 멋진 곳으로, 우리는 비석을 쓰다듬고 끌어안으면서 마지막 미사를 드렸다.

할아버지는 중한 병도 없었고 천천히 노쇠해지다가 원하시던 대로 병원이 아닌 집에서 돌아가셨다. 마지막 순간에도 아빠와 할머니가 곁에서 함께 계셨다. 할아버지는 얼굴을 닦아드리는 아빠께 연신 "고맙다 고맙다" 하시며 기도 손을 해 보이셨다고 한다. 모든 일이 끝난 뒤에 나는 집으로 돌아와 일상을 살아갔다. 그런데 1년이 다 된 지금까지도, 집에 가면 당연히 우리 할아버지가 거기 있으시리라 생각한다.

그것은 내 인생에서 처음 겪어본 가족의 죽음이었다. 그런 면에서 나는 꽤 운이 좋은 인생을 살아왔다. 나는 장례 예절도 잘 모르고 살았을 정도로 장례식장에 가본 일이 거의 없었다. 나뿐 아니라 우리 가족 모두 처음 직계가족과의 사별을 경험하게 된 순간이었다. 죽음은 비록 호상이라 할지라도 우리 모두를 무기력하게 만들었다. 갑작스런 헤어짐도 아니었거니와 모두가 조금씩은 마음의 준비를 할 시간이 있었다. 그런데도 나는 도무지 쓸 데가 없는 파손품처럼 넋이 나가고 이가 빠져 있었다. 사별을 겪고 있으면서도 이게 도저히 무엇인지 내 머리로 연산해낼 수가 없었다. 나는 할아버지의 유품 중에서 오래된 펜탁스 필름 카메라와 할아버지가 젊은 시절 쓰시던 삐삐, 늘 차고 계셨던 손목시계를 가지게 되었다. 할아버지의 물건들은 모두 정리되었지만 아빠께 일부러 부탁드려서 전해 받은 것들이었다. 나는 할아버지의 손때가 묻은 물건들을 꼭 가지고 있어야 한다고 느꼈다. 왜냐면 나는 다른 손주들과는 조금 달랐기 때문이다. 나는 할아버지에게 타지로 집을 나간 막내딸 같은 존재였다. 처음 맡겨졌던 네 살 때부터 집을 나와 서울로 상경하는 그 순간까지, 줄곧 할아버지 댁에서 자랐기 때문이다. 나는 아빠의 딸이면서 동시에 할아버지의 딸이기도 했다.

내가 가사를 쓸 수 있고 내 흔적의 귀퉁이마다 짧은 글이라도 써둘 수 있는 이유는 바로 할아버지 덕분이다. 우리 집안에는 나와 할아버지를 제외하고는 글쓰기를 좋아하는 사람이 별로 없었다. 그게 할아버지와 나의 공통점이었고 할아버지로부터 내게로 전해 내려온 소중한 유산이었다. 아주 어린 시절부터 할아버지 서재의 장서들을 훔쳐 읽으며 쓰기에 대한 탐미를 느꼈다. 책상에는 할아버지가 매일 쓰시는 일기장도 있었는데 (어차피 한자로 가득해서 읽어봤자 이해도 못 했지만) 그런 것들이 바로 내 인생의 첫 읽을거리들이었다. 가끔 일기장에는 나에 대한 이야기도 등장했는데 할아버지는 늘 내가 가엾다, 철없는 것이 애처롭다고 써두곤 하셨다. 연민이 무엇인지 이해할 수 없는 나이에는 동정을 거부해야만 하는 나쁜 것으로 오해할 수 있지만, 사실 순수한 연민은 사람이 내포할 수 있는 감정 중에서 가장 투명하고 아름다운 것에 속한다. 나는 꺾일 만큼 웃자라고 나서야 그런 것들을 뒤늦게 이해하고, 어쩌면 나의 결핍 속에서도 받을 사랑은 다 받았다는 생각을 비로소 해볼 수 있게 되었다.

할아버지는 유리문이 달린 책장 속에 오래된 《브리태니커 백과사전》과 셰익스피어 전집 같은 것들을 갖고 계셨다. 나는 그것들을 한 권 한 권 차례로 훔쳐다가 내 방에서 동화책을 보듯이 열심히 읽었다. 내 쓰기의 토대에는 할아버지의 유산이 있다. 그것은 우리 두 사람만의 통로이자 연결성이며 나는 나의 인자(因子) 속에 할아버지가 존재한다고 믿는다. 그런 마음이 사별한 뒤에 삶을 전부 무용한 것으로 느껴지게 하는 무력함을 일부 물리쳐주었다. 나는 내 이름을 쓰는 법도 할아버지께 처음 배웠다. 헤아릴 '규'에 먼저 '선'이라는 내 이름도 바로 할아버지께서 지어주셨다. 나는 할아버지가 그립다. 할아버지의 단어들과 그 글씨들도 그립다.

나는 종종 내일 죽을지 모른다는 생각을 한다. 죽음에 대해 생각하는 마음이 나쁜 것일까? 어떤 이들은 사회적 분위기와 통념이 그러하므로 무심결에 자신도 그렇게 해야 한다고 믿기도 한다. 가까운 사람들의 생각에 나를 맞추는 것은 아주 다정한 마음에서 비롯되는 행동이지만, 사회 분위기가 암묵적으로 그러하기에 나도 그렇게 한다는 것에 대해서는 조금 생각해볼 필요가 있다.

나는 늘 당연하다고 생각되는 것들에 반발하고 싶은 마음이 툭툭 튀어오르는 뻣뻣한 아이였다. 그래서 자라는 내내 말해서는 안 되는 단어처럼 취급되는 '죽음'에 대한 생각을 참 많이 했던 것 같다. 건방지게 나름의 철학도 조금은 가지고 있다고 생각해왔는데, 실제로 가족의 죽음을 목도하자 돌로 만든 조각처럼 온 뇌가 즉시 굳어버렸다. 장례식의 모든 과정에 참여하고도 할아버지와의 헤어짐이 전혀 믿기지 않는 일상은 아침부터 밤까지 혼란 그 자체였다.

왜 우리는 이것에 대해서 진작부터 소리 내 대화하지 않는 것일까? 우리 모두에게 태어나는 순간부터 이미 내려져 있는 어떤 선고가 있고 모두가 그 사실을 애써서 무시해야만 겨우 살아갈 수 있다는 생각에 이르자 화가 나기 시작했다. 나보다 더 갑작스럽게 사별에 맞닥뜨린 수많은 사람은 도대체 이런 것을 어떻게 이해하고 어떻게 버텨내야 하는 것일까? 나는 그걸 묻어두고 눈물로 적시면서 싹 틔우는 대신 사정없이 끄집어내서 햇빛 아래 던져놓고 싶었다. 손톱만큼이라도 그게 무엇인지 말할 수 있었으면 했다. 그래서 그 소재로 노래 쓰기를 시도했다.

2.

〈우리는 언젠가 틀림없이 죽어요〉라는 노래를 처음 착안했을 때는 지금으로부터 약 3, 4년 전이었다. '우리는 언젠가 틀림없이'까지는 문제가 없었지만, 그 문장의 끝이 '죽어요'라는 단어로 맺어지자 여러 가지 걱정 어린 말들을 제법 듣게 되었다. 내 노래의 가장 첫 번째 감수자인 아빠와 오래된 연인은 모두 손사래를 치면서 이 노래는 안 된다고 만류를 했다. 이유를 물어보면 '좀 그렇지 않냐'는 식으로 모호한 대답을 들려주었다. 아마 작가인 내게 상처가 될까 봐 예의상 돌려 한 말일 수 있지만, 몇 년이 흐르는 동안 나는 줄곧 의아했고 결국 납득되지 못했다.

죽는다는 사실은 모든 생에 적용되는 불변의 법칙이다. 모든 사람이 그것을 겪는다. 사랑도 그렇다. 그런데 사랑에 대해서는 모두가 노래한다. 은유와 암시를 통하지 않은 '죽는다'는 단어는 왜 노래할 수 없을까? 나는 스스로 명확한 답을 내릴 수 없었다. 그렇게 이 노래는 다른 노래들에 묻히고, 가끔 혼자 흥얼거리는 노래로 저기 한 곳에 밀려나게 되었다.

몇 년 전, 내가 작곡한 〈꼭 어제〉라는 곡이 김준수 님의 목소리로 불린 일이 있었다. 그 곡 후렴구에 '그대와 함께 늙어가고 싶어요, 흰머리조차도 그댄 멋질 테니까'라는 가사가 나오는데, 그 부분 또한 너무 불편한 표현일 수 있다며 작곡 시점의 데모를 들어준 지인에게 걱정을 산 적이 있었다. 나는 그때도 내심 의아했다. 늙어간다는 표현과 흰머리라는 단어가 우리를 즐겁게 할리는 없지만, 오히려 그런 노화의 흔적들조차 아름답게 느껴질 만큼 애틋한 사랑에 대한 표현을 그려 넣고자 했던 것이기 때문이었다. 그러나 죽음으로 연결되는 듯한 암시를 가진 표현들이 우리를 불편하게 한다는 자명한 사실 또한 이해가 안 되지는 않았다. 나는 일부러 반문하지 않았고 그냥 용기를 내 저질렀다. 김준수 님은 그 노래를 직접 선택했고 놀랄 만큼 아름답게 해석해주셨다. 아무도 거북함을 말하지 않았고, 그 노래는 큰 사랑을 받았다.

싱글로 발매되었던 〈오필리아〉라는 곡을 녹음하던 당시에도 그런 일이 있었다. 가사 전반이 죽음을 연상시켜 너무 '마니아 틱'해지지 않겠냐는 의견을 들었다. 《햄릿》의 등장인물인 오필 리아는 그녀가 등장하는 모든 작품 속에서 필연적으로 죽는다. 그녀 존재 자체에 이미 그 사건이 내포되어 있기 때문이다. 죽음 을 배놓고 그녀의 삶을 표현할 방도가 없고, 오필리아 운명의 그 러한 점은 우리 모두의 운명과도 같다. 나는 그때도 진심으로 의 아했다. 그건 전부 '우리'를 모르기 때문에 하는 이야기라고 생 각했다.

3.

'우리'. 미래 없음의 시대를 살아가고 있는 우리는 삶과 죽음 모두에 옛 시절보다 훨씬 열려 있다. '우리'는 그것을 새로운 논 지들로 해석해내고 있다. 왜냐면 너무나 빠르게 뒤바뀌어버린 시대의 형상이 우리가 배워온 것과 더 이상 부합하지 않아져버 렸기 때문이다. 전 세계를 덮친 전염병 사태 때문만은 아니다. 시신들이 거리에 누워 있고, 아이들이 죽고 다치는 전쟁의 시대 를 목도하고 있어서만도 아니다. 우리 시대의 십 대, 이십 대, 삼십 대의 사망 원인 1위가 무엇인지 '우리'는 알고 있다. 꼭 뉴스를 통해 전해 듣지 않아도 자신의 삶에서 매일 직접 체감하고 있으므로 똑똑히 깨닫고 있는 것이다. 통계적으로 봤을 때 그 어느때보다 스스로 선택한 죽음에 가까이 서 있는 세대인 만큼, 치열하게 매일 생존해내려 헤엄치고 발버둥 치는 것 또한 '우리'다. '우리'는 그게 무엇인지 모르지 않는다. 그 옛날처럼 억지로 덮어놓으려 하지도 않는다.

삶과 죽음은 정반대 편에서 서로를 마주 보며 대치하지 않는다. 그 둘은 한 번도 분리되어 본 적 없는 하나의 존재이다. 이를테면 가장 흔한 비유로, 동전의 앞뒤처럼 삶과 죽음이 일체라는 것을 모르는 사람은 없다. 과거 시대에는 죽음보다 두려운 것도 많이 있었다. 그럼에도 죽는다는 단어가 상당히 부정적이며 거부해야 할 것 같은 기분을 안기는 이유는 무엇일까. 왜 우리는 그것을 아이들에게 가르치거나 소리 내어 말하기 싫어하는 것일까.

앞서 말했듯이 나는 종종 내가 죽는다는 상상을 한다. 그러고 싶지 않더라도 언제든 그렇게 될 수 있으니 말이다. 안개 속에 갇혀 있을 때, 내일 죽는다고 생각하면 눈앞이 대번에 밝아지는 효과가 있다. 괴롭고 힘든 상황에 처해 앞뒤 모를 어둠에 갇혀 있을 때라면 더욱 절실히 그렇다. 오직 죽음에 대한 자각만이 정말로 중요한 게 무엇인지를 올바르게 판단한다.

나는 내가 아직 이루지 못한 것들을 떠올린다. 겨울 하늘에 일렁이는 북극광, 고래가 일으키는 물보라를 직접 보는 꿈 말이다. 상상만으로도 목덜미가 곤두서는 그 시간, 그 장소에 나는 도달해야만 한다. 내가 이미 도달했던 장소들에서 느꼈던 명징한 삶의 자각을 되찾아야 한다. 나는 오직 경험해보고 알게 된 것만을 쓴다는 나의 규율을 필두로 하여 이 노래의 가사들을 써 내려갔다. '5월의 청보리와 바람의 춤'이라던가, '수천 송이의 해바라기가 핀 들판', '그 위로 구름 그림자가 지나는 모습' 같은 표현들은 모두 내가 직접 경험한 삶의 순간들에서 가져왔다.

나는 아직 정립되지 못한 빈곤한 철학으로 우리가 오직 경험하기 위해 태어났다는 결론을 내렸다. 나뿐 아니라 우리 모두는 눈물이 날 정도로 아름다운 삶의 꼭짓점에 언젠가 반드시 도달해야만 한다. 그런 것을 욕심이라고 생각해서는 안 된다. 죽음이 우리의 원죄라면, 삶을 갖는 것은 우리의 정당한 권리일 것이기 때문이다. 그때에 이르려면 어떻게든 살아 있어야 한다. '언젠가 틀림없이 죽는다'는 지각은, 마취된 삶을 깨우는 각성제가 될 수도 있다. 우리는 언젠가 틀림없이 죽는다. 왜 영영 죽지도 않을 것처럼 원하는 것을 내일로 미루며 살아갈 것인가.

4.

나는 내가 살아온 지난날 속에서, 다시 떠올리는 것만으로도 가슴이 더워지는 몇몇 순간들을 기억한다. 정말로 죽고 싶었던 어느 날, 삶을 포기하는 데 성공했더라면 죽어서도 알 수 없었을 눈부시게 경이로운 생의 한 페이지들을. 순수한 사랑을 체험하고 목마름을 모르던 시절들을. 한쪽 모서리가 고이 접혀 있고 그날의 눈물 자국도 함께 말라붙어 있는 그 기억들 속에서, 나는 여지없이 내 할아버지의 오랜 당부를 되새기게 된다. 살아만 있으면 반드시 좋은 날이 온다.

만약 당신이 〈우리는 언젠가 틀림없이 죽어요〉라는 제목을 읽은 뒤 당황스러움을 느끼고 노래를 들으며 잠시 생각에 잠기게 된다면 나는 더할 나위 없이 기쁠 것이다. 그렇게만 된다면 노래는 분명 자기가 태어난 이유를 다한 게 된다. 만약 당신이 이노래를 듣고 미소 짓는다면, 노래 속에 숨긴 조각들을 자꾸 찾아낸다면, 부정적인 통념의 거부감 속에서 기꺼이 벗어나 자기 그림자와 함께 춤추듯 살아가준다면, 나 같은 음악가에게는 전부를 다 주는 것이다. 바로 노래하는 이유와 방향 모두를 말이다.

어쩌면 당신은 나보다 훨씬 먼저 이 모든 자각을 했을지 모른다. 그러나 과거의 나처럼 편히 잠들지도, 박차고 일어나지도 못하면서 파랗게 질린 새벽에 혼자 엉켜 있을지 모를 누구를 위해 나는 이 노래를 쓰고 부른다. 당신도 잘 알다시피, 우리는 언젠가 틀림없이 죽는다. 그러므로 그 작은 사실은 결코 우리의 고민거리가 될 수 없다. 만약 매일 아침 깨어날 때마다 죽고 싶다고 느낀대도 괜찮다. 그것은 오히려 고통스러울 만큼 삶을 원하고 있다는 반어이지 직해해야 할 뜻이 결코 아니.

　아직 아무것도 그렇게 잘못되지 않았다. 태양도 늙어가고 심지어 별도 죽는다. 우리가 아는 모든 이와 우리 역시 언젠가는 틀림없이 죽는다. 애써 서두르지 않아도 그때는 꼭 온다. 그러니 온 생을 통해 다가올 죽음에 떳떳이 맞서보면 어떨까? 태어날 때 얻은 텅 빈 상자 안을 내가 이렇게 아름다운 것들로 채워 넣었다고, 네가 내일 나에게 온다고 해도 나는 오늘 살아가겠다고. 내가 먼저 너를 찾아가는 일은 결코 없을 거라고. 삶의 유한함을 직시하며 작은 용기를 반짝이는 그때.

　우리는 수만 가지 색채 속에서 '살아 있음'을 본다. 삶은 그 무엇보다도 열렬하고, 내밀하며 충만하게 존재를 뒤흔든다. 우리는 언젠가 틀림없이 죽을 것이다. 무슨 짓을 해도 그 사실을 바꿀 수는 없다. 허나 내 할아버지의 당부처럼, 살아 있으시라. 살아만 있으면 반드시 좋은 날이 온다.

누더기를 걸친 노래

간밤 눈이 펄펄 나리더니 아침에는 온 세상이 하이얀 설국. 지금 내가 사는 곳은 대도시의 열기에서 딱 한 발자국 정도 벗어난 곳이라 한낮의 햇살에도 물러설 기미 없이 파란 영하 15도에 머무른다. 온화한 부산에서 나고 자란 나로서는 겨울마다 닥치는 서울의 추위가 머리로는 이해해도 몸으로는 도저히 납득이 되지 않는 그런 것이었다. 물론 우리나라에는 서울보다 더 추운 곳도 많이 있다지만, 직접 겪어보기 전까지는 상상도 못 할 것 중 하나가 바로 추위 아니겠는가.

언젠가 읽었던 뉴스가 기억난다. 동남아 어느 따뜻한 나라에서 영상 10도까지 기온이 내려가자 노숙인이 얼어 죽었다는 이야기가. 영하 10도도 아니고 어떻게 영상 10도에 동사가 가능한지 얼핏 이해가 가지 않았지만, 사람은 그렇게 자기가 사는 세상에 적응되어 버리는 동물인 것이다. 타향살이도 어언 십수 년차, 반쯤은 이곳 사람이 되고 반쯤은 고향의 온기를 잊어버리면서 이제는 겨울이 온다는 소식에 겁부터 집어먹지는 않을 정도가 되었다.

처음 상경했을 때, 머무를 곳이 없던 나는 처음 뵙는 먼 친척 집에서 두세 달 정도 신세를 졌다. 그때 가지고 온 외투라고는 솜 점퍼도 아닌 면을 덧댄 낡은 윗도리 한 벌로, 온화한 부산에서는 그 정도만으로도 겨울나기가 가능했기 때문에 그보다 더 따뜻한 옷을 가져본 적도 없었다. 북한산 자락과 맞닿아 있던 서울의 끄트머리 동네에서 처음 만난 겨울은 무서울 정도로 혹독했다. 밑창이 닳고 구멍 난 신발뿐이었던 나는 길을 걷다가도 가끔 주저앉아서 언 발가락에 감각이 돌아올 때까지 언 손으로 주무르고 후후 불어가며 입김으로 발을 녹여야 했다.

겨울이 지나고 봄이 오자 아현동 재래시장 입구의 여성 전용 고시원으로 갔다. 여자 손바닥만 한 창문 하나가 있는 방이었는데, 그나마도 반밖에 열리지 않는 창문 값으로 5만 원을 더 내야 했다. 창문이 아예 없는 방의 세입자들은 복도 쪽으로 문을 늘 반쯤 열어놓고 살았다. 내 방으로 가기 위해 복도를 걸어갈 때마다 열린 문틈으로 각 방의 세간살이가 다 엿보였다. 모두 내 또래의 젊고 어린 여성들이었다. 아침마다 부지런히 일어나서 화장을 하고 회사에 가고, 시장의 난전에서 산 옷이지만 깔끔해 보이려 다림질도 하는 그런 보통의 아가씨들이었다. 어찌 보면 룸메이트라고도 할 수 있는, 고시원의 우리에게는 모두 그 공간의 일원이 되기 위해 자격처럼 보유한 공통점이 여럿 있었다. 바로 고향을 떠나왔다는 것. 어떤 꿈을 가졌거나 가졌었다는 것. 그리고 기댈 곳이 없다는 것. 가난하다는 것.

그 시절 빈곤이 서러웠느냐고 묻는다면 그렇지도 않았다. 나는 밝고 구김 없이 지냈다. 혹자는 이해할 것이다. 인생의 어떤 순간에는 서러울 틈도 없을 때가 있으니까 말이다.

그 시절 나는 토요일 밤마다 홍대의 한 재즈클럽에서 노래를 하고 있었다. 제법 문턱이 높은 오디션에서 합격을 해야만 타임을 배정받을 수 있었는데, 부산의 학생들 사이에서는 동경의 대상이 될 정도로 꽤 이름 있는 곳이었기 때문에 무척 열심을 냈던 기억이 난다. 고등학생 시절 내내 엘라 피츠제럴드(Ella Fitzgerald)와 스탠더드 재즈에 심취해 있었는데, 스무 살이 되자 갑자기 내가 스캣(scat)을 할 수 있다는 걸 알게 되었다. 스캣은 미리 설정된 아무런 약속 없이 연주자들과 함께 어떤 미지의 장소로 가는 일이다. 내 솔로 타임이 되면 나는 그 공간에 함께 있는 모두를 나도 모르는 어딘가로 데려갔다. 눈을 질끈 감고, 캄캄한 내 안에서 반짝거리며 길을 내는 선율을 무작정 따라가는 것. 그렇게 노래하는 방식은 당시의 내 삶과도 아주 닮아 있었다. 어디로 가는지 알 수 없다는 점에서도, 언제 어떻게 끝날지 알 수 없다는 점에서도 그랬다.

그로부터 몇 년이 많은 일로 덧칠되며 정신없이 흘러 흘러 겨우 이십 대 중반이 되었을 때, 어떤 일로 깊은 서러움을 느꼈던 적이 있다. 지금 와 돌아보면 웃으면서 말할 수 있는 지나간 일에 불과하지만, 당시에는 눈물을 쏟을 만큼 속상한 일이었다. 전말은 이러하다.

나는 데뷔를 앞두고 있었고 첫 음반의 완성을 목전에 둔 시점에 있었다. 어떤 누가 나를 불러 다짜고짜 힐난을 했다. '왜 이렇게 옷을 못 입고 다니느냐'고. 애써 빙빙 돌렸지만 말의 요지는 그랬다. '가수가 외적인 멋이 너무 없으면 그를 뒷받침하는 우리도 힘이 빠진다'는 말들이었다. 그래서 나는 멋쩍게 웃으며 그에게 말했다. '치장에 신경 쓸 수 있을 정도의 형편이 아직 안 됩니다'라고. 나는 그가 나를 조금만 이해해주길 바랐다. 그렇게까지 말하는 것도 나에게는 쉽지 않은 일이었기 때문에. 그런데 그는 대뜸 이렇게 말했다.

"다른 가수 ○○은 중고 상점에서 2천 원짜리 스카프를 사서 대충 걸쳐도 멋이 나는데, ○○은 평소에 패션잡지 같은 것을 보면서 연구하는데, 너는⋯⋯."

그는 내 차림새를 위아래로 훑었다. 나는 그때 울컥함을 억누르면서, 처음으로 가난이 서럽다는 것을 인정하게 되었다. 마음이 강하면 빈곤에 굴하지 않을 수 있다는 것도 어쩌면 나의 환상일지 모른다는 의심이 들었다. 하지만 나는 꺾일 수 없었다. 그가 나를 꺾기 원하기 때문에. 나는 이를 악물고 살아온 방식대로 이렇게 말했다.

"지금 제가 초라한 것은 알고 있어요. 당장 어떻게 할 수 있는 방법이 없다는 것도요. 하지만 제 노래들이 세상에 알려지고, 제 노래를 정말 아껴주시는 분들이 생긴다면 그때는 제가 길거리에서 누더기를 걸치고 노래를 해도 제가 아름답다고, 멋지다고 말해주실 거예요."

그는 못마땅한 표정으로 이렇게 답했다.

"그래, 말은 '멋진 말'이긴 한데⋯⋯."

그 뒤로 나는 그 말을 단지 '멋진 말'에 머무르지 않게 하기 위하여 쓰고 부르는 일로써 내가 할 수 있는 싸움을 했다. 그것은 내 겉모습의 아름다움이 아니라 노래 안에 있는 맨 얼굴과 마주 해줄 당신을 만나기 위함이었다. 못 먹어서 말라 있고 겉모습이 초라한 것도, 평생 꾸며본 적 없어 치장할 줄 모르고 추레한 것도 노래와 시 안에서는 아무런 걸림돌이 못 된다. 어쩌면 어떤 사람들은 가난해도 아름다울 수 있고, 가진 것 안에서 최대한으로 외적인 감각을 뽐낼 수도 있을 것이다. 그러나 그게 내가 가진 재능이 아니라면 나는 나다운 것, 내가 가진 것으로 싸우기로 한 것이다.

이제 삼십 대 중반의 나이, 어쩌면 나의 어리고 꽃다운 때는 매화처럼 눈 속에 피었다가 져버렸을지 모르겠다. 맘껏 예뻐보지 못한 것이나 그 나이 때 철없음을 전부 펼쳐보지 못한 것이 이제 와 돌아봐도 나는 이상하리만치 서럽지가 않다. 왜일까? 나는 다른 아름다움들을 본 적이 있기 때문이다. 노래들이 열매 맺어서 당신과 함께 나눠 먹은 기억이, 성긴 나무그늘 아래서 함께 쉬었던 기억이 있기 때문이다.

오늘의 나는 걸친 누더기조차 없는 벌거벗은 마음으로 노래를 부른다. 밑창이 닳은 신발 대신 이제 맨발로 뛰어다니며 무대를 밟고 훔친다. 굳이 나의 지난 시절 이야기를 새삼스레 여기하얀 눈밭 위에 다시 풀어놓는 것은, 눈꽃 같은 내 노래의 벗인 당신에게 이 말을 전하고 싶은 이유에서였다.

왜 모르겠는가. 가난은 마치 추위와도 같은 것. 욕지거리가 나올 정도로 아프고 지독한 것이다. 가난은 우리를 창문 하나 없는 궁지로 몰아넣는다. 심지어 가난은 우리를 죽일 수도 있다. 우리가 그것에 적응해버린다면, 그리고 아무것도 달라지지 않을 거라고 진심으로 믿어버린다면 말이다.

지금 한겨울 속에 있는 나의 벗이여. 지지 마시라. 곤궁과 설움에 혹독한 추위에. 눈은 어련히 녹을 것이고 가지는 기어이 꽃 필 것이다. 겨울이 제아무리 길다 한들 봄은 반드시 오고 절대로 온다. 누가 감히 오는 봄을 막을 수 있겠는가? 우리가 할 일은 단지 다음 봄에 자연히 이를 때까지 견뎌내는 것과 살아 있는 것. 그뿐이다.

지지 마시라.

이토록 불안한 시대에

우리는 무엇을 위해 살며 노래하는가.

지금의 나는 어떤 노래를 해야 하는가.

당신을 위해서, 또 나를 위해서.

땅을 밀고 몸을 일으켜서 두려움을 이기거나

아니면 어깨에 이고서라도

떨치며 헤치며 걸어가는 사람들이 있었습니다.

각자의 악몽이 현실을 침범하는 와중에도

우리는 비로소 몇 가지 자각을 했습니다.

어둠 속의 별빛처럼 명징하게

나는 그 순간들을 노래로 썼습니다.

노래들이 날아가서 당신에게 깃든 뒤에

만월처럼 차올라 신월처럼 맺어지기를,

이제 나의 어둠은 내가 밝히겠다고

소리 내 말할 수 있을 만큼

우리가 더 강해지기를.

앨범 〈월령:上〉 중에서

"이제 나의 어둠은 내가 밝힐 거야

네가 나를 비춰주길 바라지 않을 거야"

Track 13

소 로

진창에서 벗어나는 유일한 방법은 묵묵히 계속 가는 것뿐이다.

노래를 쓸 때는 알 수 없다. 아주 흔한 단어들로 묶은 한 곡의 노래가 외로운 누구에게 무슨 의미라도 되어줄 수 있을지 말이다. 그러나 다정함은 늘 연결을 촉발하는 장치가 되고 부드러움이 때론 그악함보다 더 강한 힘이 된다는 믿음은, 무가치해 보이는 노력에도 작은 의미들을 부여한다. 회의감과 망설임을 물리치게 하고, 불러야 할 노래들을 기어이 쓰고 부르게 한다.

내 연인이 산책 중에 무심코 뱉은 한 문장이 〈소로(小路)〉의 발단이 되었다. 우리는 자주 긴 산책을 한다. 그와 내가 둘 다 무일푼이던 시절부터 지금에 이르기까지, 모든 게 빠르게 변하는 와중에도 달라지지 않은 습관 중에 하나일 것이다. 그는 힘들었을 게 분명해 보이는 시절에 대해 이야기를 할 때도 내가 웃음을 터트리게 하는 재주가 있다. '힘들지 않았느냐'고 물으면 '진짜 재미있었는데!'라고 대답하는 사람인 것이다. 그런 사람의 곁에서 살면 내게도 과거의 어둠을 달리 볼 수 있는 힘이 생길지 궁금해했던 기억이 난다. 결론부터 말하면, 그렇기도 하고 아니기도 하다. 내가 더 훌륭해졌다거나 크게 달라진 것 같지는 않지만, 그의 곁에 있는 동안은 웃느라 내 슬픔을 뒤적거릴 틈이 없어져버리기 때문이다.

나는 내가 가진 좋지 못한 것들에 맞서기 위해서 지금보다 훨씬 대단한 사람이 되어야 하는 줄 알았다. 내면과 외면적인 태도 모두 강인하고 특별한 빛을 내는 사람이 되지 못하면 실패하고 말 거라는 조바심도 있었다. 왜냐면 내가 동경하던 존재들이 내 눈에 꼭 그렇게 보였기 때문이다. 그런데 이 세상에는 자기 싸움을 이어나가는 수만 가지의 방법이 있고, 또 나의 연인과 같은 사람도 있었다. 싸울 상대와 친구가 되어버리는 사람. 괴로움에서도 즐거운 일들을 찾아내고야 마는 사람 말이다.

나는 그때 내가 찾은 오솔길에 대해 재잘대던 중이었다. 덤불로 가려져 있어 눈에 잘 띄지 않던 굽고 좁은 길. 수없이 오가던 곳인데 왜 여태껏 발견하지 못했던 걸까? 나는 그 작은 샛길을 걸으며 얼마나 많은 놀라움을 발견했는지에 대해 신나게 늘어놓고 있던 참이었다. 늘 따라 걷던 큰 길을 통하지 않고서도 가고자 했던 곳에 도달할 수 있음이 신기했다. 전혀 다른 풍경은 덤이었고 약간은 탐험가가 된 듯한 기분도 들어 즐거웠다. 하지만 가끔 수풀을 헤치거나 장애물을 피해서 돌아갈 일도 있었다. 그리고 따라갈 앞사람이 보이지 않았으므로 길을 잃어버리는 게 아닌가 하는 두려움도 조금은 있었다. 누가 이런 곳에 길을 만들었을까? 가장 먼저 이쪽으로 갈 생각을 한 사람의 마음이 궁금했다. 잘 닦인 길은 아니었지만 풍경은 가까워서 더 아름다웠다.

오래 걷다가 어느새 다다른 횡단보도 앞에 서서, 그가 보랏빛으로 물든 저녁노을을 뒤에 두고 별 뜻 없이 이렇게 말했다.

"어디에든 사람이 밟아서 난 그런 길들이 있단 말이야."

그는 대수롭지 않게 대꾸했을 뿐인데, 그 말을 듣는 순간 어떤 가사들이 갑자기 내 안으로 쑥 밀려 들어왔다. 원래는 수풀로 우거져 있던 곳이라도 사람이 밟아가며 계속 오간다면 길이 되기도 하는 것이다. 나는 문득 뒤를 돌아보고 싶은 기분을 느꼈다. 내가 걸어온 시간 위에도 혹시 작은 길이 나 있을까 하는 생각에. 오직 앞만 보며 바동거리던 시간이 제법 길었구나 싶었다. 앞서 보이는 사람의 등은 너무 멀어 작은 점처럼 느껴지고, 함께 갈 누가 있는 것도 아닌지라 참 오래 외로웠다. 세상 어딘가에서는 지금 이 순간에도 스스로 밟아서 길을 내고 있는 사람이 분명 있을 것이다. 명예가 따르는 것도 아니고 아무도 치하하지 않는 노력이지만 그 시도로 뒤따르는 우리 모두에게 새로운 길이 열리는 것이다. 터진 발을 주물러줄 수 없다면 노래로라도 그를 보듬어줄 수는 없을까? 내가 그런 종류의 외로움을 알고 있다면, 그 외로움을 안아줄 방법도 이미 알고 있는 것은 아닐까? 나는 거기 횡단보도 앞에 우뚝 선 채로 가사가 될 문장들을 받아쓰기 시작하고, 내 연인은 늘 그렇듯 묵묵히 곁에 서서 기다려주었다. 녹색 등이 몇 번이나 점멸하고, 먼 하늘의 붉은빛이 다 가실 때까지. 가사는 수분 만에 완성되었다. 다음 날 붙인 멜로디도 마찬가지였다.

어떤 노래들은 이미 거기 있었고, 우연히 지나치다 발견한 것처럼 자연스럽게 내게 온다. 나는 감각을 열고 편견을 치워버린 뒤에, 내가 듣고 본 세상을 열심히 나의 방법들로 해석한다. 재미있게도 모든 가치 있고 비밀스러운 것들은 드러나 있기보다 한 꺼풀 숨겨져 있을 때가 많다. 나는 새로운 삶의 암어(暗語)를

하나 찾아낼 때마다 그것들을 얼른 오선지 위에 베껴 당신에게 보내고 싶어진다.

당신은 내게 온다. 시달려서 충혈된 눈을 하고. 타인의 쇼윈도에 내걸린 사진들에, '나의 삶'과 '내가 아는 다른 삶'의 괴리들에. 지극히 세속적인 사회의 기준들은 어지러운 착시를 일으키며 점점 멀어져가는 과녁과 같다. 우리는 열심히 할수록 더 심하게 휘청거린다. 진지하게 덤비는 만큼 우스워진다.

이 시대에 행복이나 자존감 같은 특정 단어들은 이상하리만치 과대 해석되어 있는 경향이 있다. '자존감이 너무 떨어졌다'거나 '행복이 무엇인지 모르겠다'는 식의 문장들은 우리 뇌리에 끈적한 껌처럼 쉽게 달라붙곤 한다. 그 자체로 이미 거대한 덫이 되어버리는 것이다.

유행처럼 과용된 몇몇 단어들은 어느 순간부터 본래의 의미가 퇴색되어 눈으로 읽는 자체만으로도 서글픈 공허함을 안긴다. 매체는 값싼 위로를 맛보여 주지만 마음속에 끓는 허기를 채워주진 못한다. 막다른 길 뒤에 또 다른 막다른 길. 무엇보다 두려운 것은 무릎이 아니라 마음이 꺾이는 일인 것이다. 세상은 "네 잘못이 아니야, 사회가 잘못되었어"라고 말해준 뒤에 당신의 주소로 벌금 통지서를 보내기도 한다. 그렇게 당신은 잘못하지 않는 것에 대해서도 종종 많은 대가를 치러왔다.

　나의 사랑스러운 벗에게. 우리를 떠올리면 내 마음이 덥다. 나의 지난날과 오늘 당신의 고독이 마치 거울처럼 닮아 있는 듯해 더욱 애달프고 섧다. 시간이 흐른 뒤에야 비로소 알게 되는 것도 있다. 길을 잃었다 생각했을 때조차 사실은 길 위에 있었음을 알게 되는 것처럼.

　충분한 만큼 울어도 좋다. 눈물을 가두고 모은들 바다라도 되겠는가? 필요한 만큼 아파해도 좋다. 우리는 부러진 다리로는 멀리 가지 못한다. 통증을 느낄 때 가장 먼저 해야 할 일은 억지로 일어서기가 아니라 치료와 회복인 것이다. 그리고 당부컨대 너무 오랫동안 두려워하지는 마시라. 길은 걸음 뒤에 자연히 나는 발자취일 뿐, 우리가 긍긍(兢兢)하며 찾아 나서야 할 보물도, 어쩌면 그 무엇도 아니다. 자연스러운 보조(步調)로 살며 정원을 가꾸듯 생에 시간을 들이시라. 작은 씨가 움트는 데도 시간이 필요한데 사람이라고 다를 리 없음을 담담히 받아들이시라.

　우리는 나사도 부품도 아니고 살아서 꿈을 꾸는 존재이다. 사회가 이어 붙인 통념 혹은 그 부스러기에 불과할지도 모르는 것들이 존재의 이유가 될 수 없음을 결코 잊지 마시라. 자신을 안다는 것 자체가 곧 대체될 수 없는 자존감이며 길 잃지 않게 하는 무수한 표지 중에 하나임을, 배우는 대신 이제 깨달으시라. 내다보는 대신 들여다보시라. 자기 안의 자신에게 먼저 묻고 또 물으시라. 필요하다면 얼마든지 세상을 무시하시라. 당신이 거기 있을 때 비로소 당신의 세상도 있는 것이다.

사위(四圍)가 전부 진창이라면 머무르고 싶은 곳에 이를 때까지 걸맞은 속도로 겸허히 가시라. 다리가 아파 멈춰 쉬는 것을 아까워 마시라. 부끄러워하지 마시라. 자신에게 말을 걸며 그저 묵묵히 가시라. 어느 순간 주변이 고요해지고 세상의 넋두리들도 사라지면, 비로소 자기 안의 목소리를 듣게 될 것이다. 그 소리가 끊이지 않는 긴 돌림노래처럼 귓가에 머무르며 계속 들려오게 하시라.

먼지와 안개 속에서 시계(視界)가 흐려질 때도 올 것이다. 그러면 막 내디디려는 다음 한 발에 온 마음을 전부 거시라. 마른 덤불 얽힌 땅 위에 소로를 밟아내는 일은, 어떤 비범함이 아닌 작은 한 발이 쌓이고 다져짐으로써 시작되어 왔음을. 온 세상의 무게만큼 무겁게 들어 올린 한 걸음을 바로 거기 눈앞에 내려놓으시라. 그리고 그 한 걸음이 모든 불안을 짓이기며 다시 땅을 차고 나가는 것을 지켜보시라. 나비가 나부끼듯 표표(飄飄)히 가시라.

그대여 두려워 마시오

길 위에서는 누구나 혼자요

어디로 가든

그 얼마나 느리게 걷든

눈앞의 소로를 따라

묵묵히 그저 가시게

_〈소로(小路)〉 중에서

Track 14

무지개의 끝

나는 그 애가 창틀에 앉아 있던 모습을 기억한다. 내가 시장에서 사 온 민트색 싸구려 목걸이를 하고, 스핑크스 같은 자세로 반은 눕고 반은 앉은 채. 반쯤은 창밖에서 일어나는 일에, 또 반쯤은 내 쪽으로 감각을 집중한 채로. 그러면서 반쯤은 깨어 있고 동시에 반쯤은 졸고 있다. 하지만 언제든지 내가 부르면 눈동자를 크게 빛내면서 새된 목소리로 대답한다. 그리고 보드라운 앞발과 허리를 쭉 뻗어 늘어뜨리며 기지개를 켠 뒤에 기쁜 눈을 하고 종종걸음으로 다가온다. 내 발목에 자기 몸의 한쪽 면을 전부 비비며 모피처럼 감겨든다. 나는 그 애를 본다. 도무지 익숙해지지 않는 놀라움과 벅찬 희락을 매일 느낀다.

● 밤의 끝을 알리는

그 애의 노란 털 결은 한낮의 태양빛 아래 놓였을 때만 물결 치는 금색으로 제 빛깔을 띤다. 그 애의 눈동자는 지중해에서 보았던 바다 물빛 같고 작은 앞발은 마치 공단으로 만든 공처럼 보드랍다. 불 꺼진 내 방으로 달빛이 커튼처럼 드리워져 오면, 그 애의 수염 가닥가닥이 은빛으로 밤의 빛을 반사하는 게 느껴진다. 사람이 온갖 것으로 치장하는 이유는 오직 그들처럼 아름다운 빛깔과 형태를 가지지 못했기 때문일 것이다. 귀중한 보석들을 모아 인형을 만든다 해도 아마 햇살 아래 누워 제 몸을 단장하는 고양이보다 더 아름답지는 못할 것이다.

처음부터 그렇게 예뻤던 것은 아니었다. 어린 어미도 오래 굶주려 이미 젖이 말랐는지, 나를 처음 만났을 때도 가죽만 남은 채 피골이 상접해 있었다. 그 애는 어떤 건물 옥상에서 초록색 방수 페인트 가루를 온몸에 뒤집어쓴 채 멸치 대가리 몇 개를 놓고는 자기 형제들과 다투고 있었다. 옥탑방에 살고 있던 세입자는 고양이가 옥상에서 새끼를 쳐 불편하므로, 누군가가 얼른 데려가서 공간을 돌려받기만을 원했다. 그래도 그가 베풀어준 멸치 대가리들과 약간의 음식 잔반들로 인해 어미와 새끼들이 여태껏 살아남을 수 있었다. 나도 갓 상경하여 원룸에 살고 있던 터라 그들 모두를 데려갈 수 없음이 안타까웠다. 조심히 다가가 무릎을 꿇고 손을 내밀자 새끼들이 기겁을 하며 구석으로 도망을 쳤다. 구도심의 낡은 다세대 주택 옥상에서 태어난 이 어린 생명들은, 몇 평도 채 되지 않는 좁은 콘크리트 옥상이 자기들이 본 전부였고 집이자 세상이었다.

그중에 제일 약해 보이고 체구도 작은 아이가 있었다. 그 애는 잠시 나를 경계하더니, 이내 꼬리를 곧추세우고 척척 다가와서는 내 무릎에 발을 얹고 눈을 똑바로 올려다보는 게 아닌가. 눈이 마주치자마자 나는 즉시 그 애가 '내 고양이'임을 알았다. 그 애도 나를 알아보았던 것일까? 나는 아직도 그 순간을 떠올리면 마음이 뭉클해진다. 이제 막 넓은 세상에 내던져진 벌거숭이 같은 존재라는 점에서 그 새끼 고양이와 나는 크게 다르지 않았다. 우리가 서로를 알아보았던 것일까?

그 애의 특별함은 또 있었다. 다른 형제들이 쭉 뻗은 예쁜 꼬리를 가진 것에 비해, 그 애의 꼬리는 소용돌이 모양으로 돌돌 말려 있었다. 그 특징은 그 애가 이미 죽을 고비를 물리치고 태어났음을 의미했다. 그러나 그 애는 제 형제 중 가장 당당하며 겁이 없어 보였고, 그러한 기질은 신체적 불리와 주림으로도 꺾어지는 것이 아닌 듯했다.

남들에게는 평범하고 흔한 고양이일 뿐인 그 애에게 내가 동경하던 문호인 '오스카'라는 이름을 붙여주었다. 그 애는 분명 자기 이름을 좋아했다. 마치 사람처럼 말이 많고 재잘거리기 좋아하는 아이였던 그 애는 내가 한 마디를 하면 너덧 마디를 더하곤 했다. 나는 그 말대답을 들으며 자주 웃음을 터트렸다. 사람인 나보다 좋고 싫음이 확실한 아이였다. 내가 그에게 이름을 붙여주었듯, 그 애도 나에게 고양이의 언어로 이름을 붙여주었을지 궁금하다. 다른 고양이에게 나를 소개할 순간이 있었다면 그들의 언어로 말하는 나의 이름은 무엇이었을까? 나는 그 애에게 가족이었을까, 아니면 친구였을까? 아니면 둘 다였을까? 나는 과연 한 번이라도 그 애가 살았던 세상의 모든 것이 되었던 적이 있었을까?

그 애가 선천적으로 아픈 데가 있다는 걸 알게 되기까지는 오래 걸리지 않았다. 지금도 입에 올리기조차 싫은 여러 개의 병명이 그 애의 이름이 써진 차트에 줄 세워져 있었다. 새벽에 그 애를 들쳐 안고 24시간 동물 병원으로 뛰어가기 부지기수였다. 어떤 날에는 응급처치를 마친 후 병원에서 아이가 오늘 밤을 못 넘길 것 같다며 두고 가시겠냐고도 했다. 집으로 돌아온 그 애와 나는 단둘이서 밤을 새우며 함께 싸웠다. 그 애는 지척까지 온 죽음을 몇 번이나 물리쳤다. 그 애가 일어나서 물을 마시고 음식을 먹을 때마다, 죽음도 실망하며 문 앞에서 돌아갔다. 의사 선생님도 그 아이가 왜 계속 살아나는지 의아해할 정도였다.

나는 매일 그 애를 안고 뮤지컬 〈스위니토드〉의 노래를 불러주었다.

"Nothing's gonna harm you, not while I'm around⋯⋯."

그 시절에는 하루 일과의 대부분이 피아노 앞에 앉아 노래를 쓰는 것이었다. 막막한 현실과 가로막힌 벽을 앞에 두고 건반과 씨름하는 게 내가 할 수 있는 전부임을 알던 시절이었다. 그 애는 내가 외롭지 않게 하려는 듯이 기를 쓰고 키보드 위에 따라 누워서는 목이 쉬고 지쳐버릴 때까지 함께 버티며 내 노래를 듣고 있었다. 까만 건반을 누를 때면 그 애의 보드라운 뱃살이 손끝에 스치곤 했다. 우리는 정말로 긴 시간을 그 자리에서 함께 보냈다. 나는 아직도 피아노 위에서 그 애를 본다. 더 이상 같은 감촉은 느낄 수 없지만 말이다.

마치 동화에서처럼, 그 애가 어디선가 나를 기다리고 있다고 생각지는 않는다. 나는 그 아이의 유골이 뽀얀 가루로 변해 있는 작은 옥색 단지를 거실의 유리장 속에 가지고 있을 뿐이다. 거기에 입을 맞출 때마다 눈물을 흘리던 시절도 지났다. 이제는 자다가 깨서 가슴을 치며 우는 일도 없다. 그 애는 자유로워졌고 더 이상 아프지 않고 바람처럼 어디에든 갈 수 있을 것이다. 나는 그 애에게 끝내 바다를 보여주지 못했다. 그 애가 그것을 원했는지는 알 수 없지만 분명 짜고 달콤한 바다 냄새를 그 애도 나처럼 좋아했을 것이다.

그 애는 분명 살아 있는 동안 필요한 사랑을 다 받았다. 사람들은 반려동물과의 사별을 '무지개다리를 건너갔다'는 말로 표현하는데, 정말로 그런 곳이 있다고 믿는다 한들 다시 만날 수 있으리라는 확신까지는 들지 않는다. 그렇다면 정말이라고 할 수 있는 것은 무엇일까. 그것은 오직 두 존재가 서로를 '진심으로 사랑했다'고 하는 사건이다. 심지어 한 존재가 더 이상 세상에 없어 만지거나 볼 수 없어도, 계속 똑같은 마음으로 사랑할 수 있다는 불가해한 신비이다.

우리가 서로 다른 언어 체계를 가진 다른 종과 영혼으로 소통할 수 있는 유일한 이유는 '사랑'이라는 매개체 때문이다. 우리가 그들을 '아이'라고 칭하게 되는 이유는 그들이 우리의 자식이라고 착각해서가 아니라 그들이 진실로 아이처럼 순수한 모습으로 우리의 잿빛 날들을 채색해주었기 때문이다.

그 애를 잃은 직후에 한 신문사에서 인터뷰를 하면서 나의 상

실에 대한 이야기를 털어놓았더니 상대의 입가에 비아냥이 흐르는 것을 보았다. 나는 그가 나와 같은 슬픔을 평생 경험하지 않기를 바랐고, 다시는 누구의 앞에서도 그 애의 이야기를 꺼내 놓지 않았다. 타인이 상상할 수도 없는 것을 이해해주기 바랄 수는 없다. 조롱받지 않으려면, 그저 덮어놓고 오랜 시간 혼자 견딜 수밖에 없는 것이다. 남들에게 드러내 보일 수 없던 내 슬픔이 몇 년이나 지속될 때 그 상태를 뭐라고 칭해야 하는지조차 몰랐다. 나는 매일 자다 깨서 울고 가슴을 치면서도 무작스럽게 그냥 견디기만 했다.

몇 년이 지나는 사이 사회적 분위기도 바뀌고 어느 날에는 인터넷에서 펫로스 증후군(Pet loss syndrome)에 대한 기사를 읽게 되었다. 나와 같은 슬픔 속에 있는 사람들이 적어도 자기 상태를 뭐라고 칭해야 할지 명명이라도 할 수 있게 된 것이었다. 인간의 우월함을 견지하기 위해 동물에게도 우리와 같은 영혼이 있다는 걸 인정하지 않는 사람들은 늘 있을 것이다. 어쩌면 나도 거기 일정 부분 동의하는 바가 있다. 동물들이 분명 사람보다 더 맑고 아름다운 영혼을 가졌다는 점에서 말이다.

'당신의 모든 슬픔은 달래져야만 한다'고 나는 늘 말해왔다.

그래서 헤어짐을 겪은 뒤 나처럼 혼자 끌어안고 울고 있을 이들이 기댈 노래가 한 곡쯤은 있어야 한다는 생각이 들었다. 나도 안다. 사별의 슬픔을 달랠 수 있는 방법이란 아무것도 없음을. 그러나 우리는 아파할망정 결코 후회해서는 안 된다. 무언가를 진심으로 사랑한다는 것은 진정으로 용기 있는 행위이며 당신 인생의 굉장한 혜택이었음을 기억해야만 한다.

그 작은 존재와 함께하는 동안 우리의 마음속에는 늘 아름다운 무지개가 떠 있었다. 시간이 흐를수록 그 무지개가 아이의 곁으로 다가와 다리처럼 드리워지고, 결국 언젠가는 그 위로 아이를 돌려보내 주어야 한다. 헤어짐은 두려워할 만한 일이지만 그렇다고 무지개처럼 영롱한 빛을 내는, 사랑의 오색찬란한 시간을 일부러 피하며 살아갈 필요는 없다. 헤어짐이 두려워서 사랑하지 않는다는 것, 그런 것은 결코 인생이 아닐 것이다.

나는 지금 내 열두 살 난 고양이 달리의 보드라운 뱃살을 쓰다듬으면서 이 글을 쓴다. 먼저 떠난 아이도 내가 결코 후회하지 않는다는 걸 잘 알고 있을 것이다. 그 아이가 내 곁에 살았던 5년 동안 나에게 가르쳐준 것은 단지 슬픔만은 아니었다. 슬픔을 이기는 사랑, 아주 지극한 사랑인 것이다.

눈과 눈에 대한 고찰

나는 하늘이 보랏빛과 금빛으로 물들어가는 황혼에 맞춰 산책을 나서곤 한다. 낮과 밤 중 어디에도 속하지 않는 하루의 짧은 영역 안에서 '찰나의 한순간만 아름다운 것'들을 눈 속에 담으려 한다. 어른이 된 나는 일부러라도 노력하지 않으면 가끔씩 눈이 멀어버리고 만다는 것을 안다. 그렇게 되면 길을 걸으며 맞닥트리는 온갖 아름다움을 눈앞에 두고서도 스쳐 지나갈 뿐, 내가 놓친 게 무엇인지조차 알아차리지 못하는 것이다. 우리의 삶이 한나절의 짧은 여행이라고 한다면 잠시라도 눈을 감고 있는 것은 너무나 막심한 손해일 것이다. 나는 일어나 눈을 비비고 다시 본다. 볼 필요가 없어 보이는 것들에까지 시선을 공평하게 배분하려 노력하면서.

　지겹고 고루하게 반복되는 삶은 사실 매일 생경하다. 우리의 세계는 빛과 색채로 가득 차 있어서 눈앞의 풍경이 아무리 익숙하든 마음을 비우고 가만히 들여다보면 놀랄 만한 멋진 것들을 발견하게 된다. 존재를 다른 무언가에 빗대어 그 가치를 설정하지 말고, 존재 그 자체로 들여다보려는 소소한 결심만으로 충분하다. 뻔히 알고 있다고 믿었던 것들이 전혀 새로운 얼굴을 하고 우리를 붙잡아 세울 것이기 때문이다.

　폭설이 내리다 그친 날 밤에 집 앞의 눈을 치우러 나갔다가 갑자기 깨닫게 된 것이 있다. 눈은 고정적으로 비유되듯이 그냥 흰색이 아니라는 사실이다. 입김이 사방으로 번지는 가운데 웅크리고 앉아 가만히 들여다보고 있자니, 부드러운 눈 위에 밤의 빛이 반사되어 투명하고 찬란한 빛이 열여섯 방향으로 흩뿌려지는 걸 볼 수 있었다. 소복한 눈의 융단 위에서 입자 하나하나가 보석 같고 갓 태어난 새털처럼 포근해 보여 놀랄 정도로 보기에 아름다웠다. 이렇게 영롱한 눈 한 줌을 작은 유리 상자에 넣어두고 매일 볼 수 있다면 얼마나 좋을까? 그러나 '신은 쉽게 변하고 시드는 것만 아름답게 만들었다'는 이야기처럼 나는 그 찰

나의 순간을 발견했음에 만족해야 한다. 그리고 글을 쓰든 노래를 부르든 무엇이라도 반드시 해서 내가 찾은 순간의 빛을 누군가와 함께 나눠야 하는 것이다. 아무리 아름답다 해도 눈은 붙잡아둘 수 없고 결국은 녹아서 사라져버릴 것이므로.

눈의 결정은 똑같이 생긴 것이 하나도 없다고 한다. 어떻게 그런 일이 가능할 수 있는지 찾아봤더니 '생성 시 결정의 온도와 수증기의 과포화 정도에 따라 달라진다'고 적혀 있었다. 쉽게 말해 구름 속을 떠도는 동안에 겪은 여러 가지 변화에 따라, 그리고 구름 속에서 떨어지면서 겪은 환경의 변화에 따라 모두 개별적으로 다른 형태와 모양을 가지게 된다는 뜻이었다. 나는 갑자기 흥미가 동해 몇 시간 동안 모두 다른 수천 개의 눈 결정 사진들을 찾아보며 감탄을 반복했다. 잘 알려진 것처럼 나뭇가지 모양, 육각 모양, 별 모양 같은 결정들을 제외하고서도 뭐라 설명하기 힘든 아름다운 대칭들이 많이 있었다. 진정으로 감동할 만한 부분은 눈 결정의 완벽한 대칭성이나 복잡성이 아니라, 살아온 환경에 따라 똑같은 모양이 단 한 개도 존재할 수 없다는 점에 깃든 드라마였다. 마치 우리 사람의 인생과도 너무나 닮아 있는 특징이 아닌가. 단 하나도 같은 것이 있을 수 없는 존재. 그러나 현미경으로 들여다보는 것이 아니라면, 그러한 차이들을 알아차릴 수 없다는 점도.

　어린 시절, 유성우가 내린 겨울 새벽에 별똥별을 보며 소원을 빈 기억이 있다. 새벽 세 시까지 차가운 계단에 쪼그리고 앉아서 한순간도 놓치지 않으려 눈도 거의 깜박이지 않으면서 말이다. 검푸른 밤하늘에 일순 그어지는 빛줄기들은 소원의 첫 단어를 내뱉기도 전에 사라졌다. 이제 십수 년이 지나 나이를 먹고 그때의 소녀도 어린 마음도 전부 사라지고 아직 남아 있는 것은 내가 본 장면 그 자체뿐. 그때 빌었던 소원이 무엇이었는지 그게 이루어졌는지조차 다 잊었다 해도, 어찌 잊어버리겠는가. 소멸하는 별의 조각들이 타오르며 투신하는, 태어나 처음 두 눈으로 본 별의 낙하를 말이다.

　이처럼 우리가 수고와 의지를 들여 발견한 아름다움은 쉽게 스쳐간 아름다움들보다 오랫동안 우리 안에 새겨진다. 그렇기에 일부러라도 우리는 보기 위해 보아야 하는 것이다. 눈으로 본 것만이 가장 오래 각인되고, 가장 빠른 속도로 의식을 설득하기 때문이다. 때로는 깊은 슬픔과 고독함, 두려움, 어둡고 끈적이는 마음의 늪이 아름다움을 찾아내는 눈을 뒤덮어버릴 때도 있다. 아래로 아래로 한없이 침잠하여 안전하고 익숙한 늪 속에서 그저 웅크리고만 싶을 때, 깊은 절망에 빠져 있을 때면 누군가 위로의 말을 건넨다 해도 거부하며 비아냥거리고 만다. 무엇을 보아도 잿빛으로만 느껴지는 때가 있다. 그런 때야말로 우리가 의식적으로 아름다움을 찾아 나서야 하는 가장 좋은 적기일지 모른다.

아름다움에는 우리를 치유하는 힘이 있다. 그 힘은 우리의 눈에서 안개를 걷어가고 삶의 전체와 세포들을 또렷하게 볼 수 있도록 한다. 우리가 삶 속에서 미세한 아름다움들을 발견할 때, 그것이 당신이 찾아낸 것이고 찾아내야 할 만큼 작은 존재였음을 인지할 때, 누가 알아주지 않아도 홀로 피었다가 사라지기도 하며 그 사라짐을 통해 삶의 유한함을 직시하게 할 때, 비로소 나의 존재의 구성 또한 실감하게 된다.

우리가 괴로움 속에 처했을 때도 그러한 '보는 눈'은 진가를 발휘한다. 나의 감정은 내가 아닌 나의 것이라고 믿으며 자신을 분리된 존재로 바라볼 수 있는 용기는 얼마나 숭고한가. 오늘 나의 처지가 어떤지에 관계없이 작고 거대한 아름다움들을 찾아낼 수 있는 눈은 얼마나 옳은가. 또 얼마나 강한가.

나는 가끔 오랜 산책을 하며 길가의 가로수를 만져보곤 한다. 나무의 겉껍질이 얼마나 부드러운지 직접 만져보고 싶어서이다. 나는 종종 걸으면서 마주친 구름의 이름을 떠올려보곤 한다. 언뜻 잿빛처럼 보이는 우리의 세상이 얼마나 총천연색으로 가득한지, 하늘은 어떻게 매시간 다른 빛깔과 형태들로 자신을 그려내는지. 그러다가 알게 되곤 한다. 내가 얼마나 오랫동안 눈을 감은 채로 걷고 있었는지를. 그 모든 것을 볼 수 있고 발견할 수 있는 두 눈을 가지고서도.

어쩌면 넘어지는 것이 당연했을지 모를 시간들을 지나 이제 나는 무언가를 통해서가 아닌 나 자신의 눈으로 아름다움을 찾아내길 바라고 있다. 단순히 보는 데 지나지 않고 더 많은 것들을 그 안에서 수없이 발견해내고 싶다. 그러다 보면 언젠가는 그런 날도 있지 않을까 한다. 아름다움을 찾아내는 옳은 눈으로 내가 나 자신을 볼 수 있을 날이. 그리고 그 안에서 녹지 않고 투명하게 빛나는, 자신만의 눈 결정을 발견할 수 있는 날이.

당신의 모든 슬픔은 달래져야만 하고,
우리는 다친 곳을 스스로 치료하지 못하기에
서로의 도움을 구해야 한다.

당신은 이미 여러 번 쓰러진 나를
씻기고 먹여주었으니
나 역시 나의 방법으로 당신을 일으킬 것이다.

당신이 아무도 없는 곳에서 남모르게 울고
사랑하는 이 앞에서
일부러 웃음 지어 보이는 한,
내 노랫말과 노래도 계속 쓰여지고
다시 불려질 것이다.

우리의 연결은 그 자체로 놀라운 여정이고

내 삶 모두를 쏟아부어도 아깝지 않은 가치가 있다.

그리고 당신은 특별하지도 않았던 나에게,

늘 먼저 사랑한다고 말해주지 않았던가.

앨범 〈환상소곡집 op.2 [ARIA]〉 중에서

"그는 나를 연주하는 손길

그는 나를 춤추게 하는 노래

그를 따라 어두운 골목을 누비며

인생의 희락을 알았소"

[소설] 바다 위의 두 사람

하나.

나는 잠이 별로 없었다. 마을의 또래 녀석들 중에는 고양이처럼 잠이 많고 굼뜨거나, 아침이 밝는 때에 맞춰 눈을 뜨는 것조차 도저히 힘든 녀석들도 있었지만 나는 좀 달랐다. 마치 팔순이나 먹은 노인네처럼. 살날이 그리 오래 남지 않은 노인들은 햇살 속에서는 꾸벅꾸벅 졸았고 밤에는 선잠을 자며 뒤척이다 일찌감치 자리를 치우고 동살을 맞이했다. 나는 6살 이후로 낮잠 따위는 자본 적도 없었거니와 섬에서 가장 밤잠 없는 노인보다도 훨씬 더 일찍 잠에서 깨어났다. 그리고 눈을 뜨자마자, 아직 새벽의 상앗빛으로 부옇게 번져 있는 마을을 가로질러 항의 선창으로 부리나케 달려갔다. 그곳에 다다르면 늘 나보다 먼저 온 한 사람이 있었다. 그는 달빛 속에서 웅크린 채로 서서히 움직이곤 했다. 안개가 짙은 날에는 마치 설화 속의 바다짐승이 뭍으로 기어오르는 듯 보이기도 했다.

"아침잠이 없으니 딱 맞군."

그가 처음 나를 봤을 때 한 말이었다. 그때 내 나이는 12살이었다.

"어떠냐, 바다 일을 해보겠느냐? 보수는 내 가르침이다."

그는 만족스럽게 껄껄 웃으며 굳은살이 가득한 두꺼운 손바닥으로 내 어깨를 턱턱 내리치곤 했다. 처음에는 발이 1~2센티미터쯤 땅으로 박히는 것 같은 기분이 들었지만, 16살이 된 지금은 내 어깨에도 제법 사내다운 단단함이 들어박혀 아무렇지 않았다.

"선장님은 잠도 안 주무시는가 보다, 오늘은 또 어찌 이리 일찍 나오셨대요."

나는 투덜거림으로 인사를 대신했다. 그가 조업을 나가기 전이나 다녀온 후에, 그물이나 잡동사니들을 정리하고 망가진 어망을 손보는 것이 주로 내가 하는 일이었다. 그런데 아무리 일찍 집을 나서도 선창에 도착해보면, 이미 그가 먼저 나와 내 할 일을 다 해치우고 있었다. 나는 그게 미안해서 도리어 그에게 투덜거리거나 볼이 부은 표정을 지어 보이곤 했다.

"이놈아, 너는 한참 자라야 할 보송보송한 녀석이 왜 그렇게 잠이 없냐. 어린놈이 그렇게 잠을 아끼다 가는 평생 땅콩 신세 못 면한다. 껄껄!"

"선장님보다 반 뼘은 더 크구먼⋯⋯."

"아직 멀었다! 그리고 통통배나 타는 중늙은이한테 선장은 무슨 놈의 선장이여. 그냥 할배라고 해라. 간지럽다."

선주였던 그는 3년 전 겨울에 자기 배를 처분했다. 평생 그와 함께 바다로 나섰다가 늘 그를 다시 항구로 데려다놓곤 했던 바로 그 배였다. 한창 수입이 좋을 때는 딸린 선원도 여섯은 있었다고 하지만 처분할 당시에는 이미 수십 번은 땜질한 만신창이, 온 선체 구석구석이 낡을 대로 낡아 더 이상의 수선도 불가능한 상태였다. 섬사람들은 그런 배를 타고 계속 바다에 나갔다가 운 나쁘면 못 돌아온다는 말을 농처럼 툭툭 던지곤 했다. 그러면 선장님은 "그것도 그것대로 좋지!" 하고 껄껄 껄껄 대소를 하곤 했다.

그해 늦더위도 다 가시고 전어 살에 한창 기름이 오를 무렵, 선장님의 배는 이제 언제 어디서 까무러쳐도 전혀 이상하지 않은 상태였다. 그는 흑백영화에서 본 프랑켄슈타인처럼 이미 죽은 배를 몇 번이고 뜯어고쳐 계속 다시 소생시키고 있었다. 그런데 진눈깨비 한 번 매섭게 치고 그다음 날이었던가, 늘상 있던 자리에 그의 늙은 배가 안 보이는 것이었다. 한참 후에 듣길, 어느 날 조업을 나간 바다에서 배가 아프다고 휘휘, 구슬프게 우는 소리를 들었다고 한다. 그 길로 곧장 배를 묻어주고 온 뒤 (그의 표현 그대로) 선장님은 족히 열하루는 부둣가에 그림자도 얼씬하지 않았다. 그때부터 또 열하루쯤 더 지났을 무렵 그는 딱 두 사람이 누울 만한 폭이 좁고 긴 통통배 하나를 어디서 구해와 소소하게나마 다시 조업을 시작했다. 경운기 엔진을 개조해서 만든 다 낡아빠진 낚싯배였다. 나는 아무 말 없이 나와서 다시 그의 뱃일을 도왔다. 그는 나의 도움이 필요 없었고 나도 그를 도울 이유가 없었지만 우리는 서로 그냥 말없이 그렇게 했다. 조업 양이 많으나 적으나 잡은 고기에는 늘 미리 떼놓는 내 몫이 있었고 나도 바다에서 나온 것이라면 사양하지 않고 덥석 받았다. 여느 때와 다름없는, 갓 잡아 올린 고등어의 등처럼 검푸르게 빛나는 선창의 새벽이었다. 익숙한 모습으로 배에 오르던 그가 돌아서더니 낮고 부드러운 목소리로 나를 불렀다.

"땅콩아."

그는 처음 봤을 때부터 나를 땅콩이라고 불렀다. 또래보다 몸집이 작고 왜소했던 탓에 누구나 생각할 수 있는 흔한 별명으로 듣기에도 그리 싫지 않았다. 한두 해 전부터 부쩍 키가 자란 덕택에 지금은 그나 나나 엇비슷해 보였지만, 한 번 땅콩은 아무리 커도 땅콩이다, 그의 말이었다.

"예, 선장님."

"오늘은 너도 같이 한번 나가볼 테냐?"

"……."

순간 내 혀가 돌이 되고 소리 내는 법을 잊어버렸다. 안에서는 이미 수천 번도 더 답했었지만 실제로 듣는 것은 처음인 물음이었다. 목구멍 아래에서 벌겋게 달궈진 쇳덩이가, 억, 하면서 치받쳐 오르는 기분. 얼이 빠진 표정으로 황망히 서 있던 참이었다.

그가 굽은 등을 휙 돌리며 "싫으면 말던지" 하는 순간 나는 땅을 찼다. 그리고 몸을 거의 던져 넣다시피 하여 휘청휘청 급하게 배 위로 뛰어들었다. 배는 나를 태움과 거의 동시에 바앙~ 하고 소리를 지르며 선창을 떠났다. 모터 쪽에서 피어오르는 매캐한 기름 냄새와 바다의 시원한 짠 내가 뒤섞여 두 폐와 가슴을 가득 채웠다. 돌아보니 선창의 노란 불빛들이 검은 바닷물 위에서 출렁이며 점점 작아지고 있었다. 배를 타고 바다로 나선 것은 그날이 내 인생에 처음이었다. 바로 그날부터 그는 나에게, 뱃사람으로서 터득한 모든 것을 손수 하나하나 가르쳐주었다.

"땅콩아, 저 둘이 누구냐."

그로부터 몇 해 후, 수평선 아래로 해가 붉게 이지러지는 평범한 저녁께였다. 나는 배의 갑판에 엉긴 소금기를 연신 물로 씻어 내리고 있는 중이었다. 평생 태양빛에 그을리고 주름진 그의 얼굴에는 거칠고 뻣뻣한 수염이 파도 거품처럼 하얗게 듬성듬성 돋아나 있었다. 어금니가 없어진 자리 위로 볼이라고 하기에도 뭣한 피부 거죽이 여기저기 쑥쑥 패어 있어, 영락없는 노구의 얼굴이 된 그는 이제 썩 볼품이 없었다. 그래도 껄껄하고 웃는 소리에는 여전히 힘이 있었다. 더 이상 내 어깨를 턱턱 내리치지는 않았다.

"예? 누구요?"

"저기, 저~기 사람이 둘 있네."

나는 그의 뼈마디가 불거진 손가락 끝이 가리키는 곳으로 고개를 돌렸다. 수면 위로 녹아든 벌건 쇳물 같은 태양이 잔잔한 물결 위로 일직선이 되어 황금빛 길을 놓고 있었다. 도저히 질릴 수 없는 불꽃과 물결의 아름다운 합작이었다. 하지만 사람 둘은 어디에도 보이지 않았다.

"아무도 안 보이는데?"

"저기 멀리 작은 배 하나 떠 있고, 사람 둘이 타고 있는데 안 보이느냐."

"배가 어디 있어요? 아무것도 없는데."

"······그래?"

그는 더 이상 대꾸하지 않고 말없이 먼바다를 바라보았다. 그리고 다시 분주해진 내 뒤에서 혼자 중얼대는 소리가 들려왔다.

"아무도 없단 말이지······."

이듬해 봄이 되자 그는 더 이상 바다에 나가지 못할 정도로 노쇠해졌다. 그에 반해 나는 하루가 다르게 어깨가 벌어지고, 매일매일 어린 소년티를 조금씩 벗어가고 있었다. 나의 성장과 그의 늙어감은 바다가 하늘빛을 투영하듯 서로 연결되어 있는 듯 보였다. 마치 그의 남은 힘을 빨아들여서 그것으로 내가 어른이 되어가는 것만 같아 왠지 모를 죄책감과 속상함도 함께 있었다. 정반대 입장의 그와 내게 공통적인 한 가지가 있었다고 한다면 바로 변화하는 속도였다. 한쪽은 무서울 정도의 속도로 자라나고, 다른 한쪽은 찢어진 자리가 성성한 그물처럼 더 이상 손쓸 수 없이 점점 쇠약해져 갔다.

이제 나는 그의 배를 타고 혼자 바다에 나갔다. 그는 성미상 완전히 손을 놓고 있지는 못하여서, 하지 말라고 하는데도 굳이 나와 그물이나 어구를 정리하며 잔일을 거들었다. 고기를 잡는

데 필요한 기술과 지식은 그에게 거저 얻었고, 이 배도 그의 것이니 사실 잡은 고기도 그의 것이어야 맞았다. 그러나 그는 자기 몫이 아주 조금일 때에만, 화도 내고 우기면서 억지로 권해야 겨우 마지못해 받았다.

"바다가 너에게 준 것이니, 마땅히 전부 네 것이다."

그의 말이었다.

늦봄에는 작은 새우잡이가 한창이었다. 큰 배들의 조업 양에 비할 바는 못 되지만, 그에게 배운 경험적 지식들은 여느 뱃사람에게도 이미 뒤지지 않았다. 나는 작은 배라도 늘 만선이 되어야 다시 돌아왔다. 그날도 그런 매일 중에 하루였다.

젓새우를 잡아보려고 던진 그물에 새우와 함께 섞여 들어온 잡고기들이 유난히 많은 날이었다. 잡어 또한 분류만 잘하면 그것대로 팔아 치울 수 있으니 소쿠리를 여러 개 놓고 이리저리 던져 넣던 와중이었다. 멀찍이 몸을 접고 앉아 이것저것 참견하던 그의 잔소리가 멎었나 했는데, 언뜻 고개를 들어보니 그의 표정이 심상치 않았다. 뭔가를 자세히 보려고 했는지 손갓을 만들고 미간에 잔뜩 쓴 인상이 그를 더 주름져 보이게 만들었다. 시선은 먼 바다를 향해 고정되어 있었다. 얼마나 집중했는지 아랫입술이 헤 벌어져 있는지도 모르는 것 같았다.

"땅콩아. 저기 사람이 둘 있지."

나는 또 시작인가 싶었다. 선장님은 얼마 전부터 계속 엉뚱한 소리를 하며 내 신경을 긁었다. 바다 위에 두 사람이 보인다고, 작은 배를 탄 두 사람이 정말 안 보이냐는 식이었다. 그가 그럴 때마다 나는 점점 더 기분이 나빠졌고 속으로는 걱정이 되어서 화가 날 지경이었다. 그의 손가락 끝 방향에는 항상, 정말로, 결단코 아무것도 없었기 때문이다. 우리는 10분쯤 서서 같은 쪽을 바라보며 말싸움을 한 적도 있었다. 혹여 노인의 바랜 시력 때문에 사람으로 착각할 수 있을 만한 작은 통발 하나도 거기에는 없었다. 눈을 씻고 봐도 배에 탄 두 사람은커녕 엇비슷한 것도 보이지 않았다.

나는 진절머리가 난다는 듯 쥐고 있던 것들을 허공에 털어버리고, 껑충 뛰어 배에 올라탄 뒤 볼멘소리로 그에게 소리쳤다. 오늘은 결판을 낼 작정이었다.

"타요! 직접 가서 찾아보게."

선장님은 멀뚱하니 나를 보고 있다가, 내가 진심인 것을 알고 굽힌 무릎을 천천히 폈다. 그런 뒤 배라면 평생 타고 내렸을 텐데도 마치 처음인 것처럼, 엉거주춤한 자세로 겨우겨우 배에 올랐다.

나는 시동을 걸고 모터 줄을 감정적으로 있는 힘껏 잡아당

긴 뒤에, 빠른 속도로 제법 먼 바다까지 배를 거칠게 내몰아 달렸다.

　그냥 농담 치기나 하면서 껄껄 웃고 시끄럽게 굴지. 평소처럼 내 키를 놀리면서 장난이나 칠 것이지. 나는 세게 부딪혀 오는 바닷바람에 눈이 시린 척했지만 사실 속이 상해서 눈물이 찔끔 났다. 그놈의 두 사람 타령! 나 말고도 다른 어부 몇 사람에게, 바다 위에 두 사람이 보이느냐고 묻고 다니는 통에 선장님은 정신이 오락가락한다고 벌써 소문이 났다. 며칠 전에도 '너네 할배 노망이 들었다며?' 하는 자식을 선별 작업 중인 잡어 더미 위로 밀어 넘어트려 버려서 크게 싸움이 날 뻔한 적도 있었다. 내가 느끼기에 선장님은 처음 봤을 때처럼 여전히 명민했고 행동거지나 정신 또한 완전히 멀쩡했다. 두 사람이 어쩌고 하는 그 이야기만 안 하면. 하지만 상관없다. 직접 가서 보여주면 되니까. 먼 바다엔 작은 배도 없고 그놈의 '두 사람'도 없다는 것을.

　나는 선창에서 상당히 먼 지점까지 나왔을 때 배를 멈추고 시동을 껐다. 바닷물은 밤하늘에 검게 이염되고 고요한 가운데 가끔씩 철썩 소리를 내며 수면 위로 고기가 뛰어오를 뿐이었다.

　"잘 보세요, 여기 사방에 누가 있나…… 배도 없고 사람도 없잖아요. 왜 자꾸만 이상한 소리를 하고 다녀서 사람을……."

　성토를 마구 쏟아내다가 어색하게 말이 멎었다. '사람을' 뒤에 어떤 말로 맺어야 할지 망설였던 것이다. 사람을 귀찮게 한다, 사람을 짜증나게 한다, 나를 걱정하게 한다, 슬프게 한다……

"땅콩아."

"……예?"

나는 눈꺼풀을 거칠게 비볐다. 그가 내 줄임말까지 다 알아듣고 자기 말을 이어나갔다.

"나는 말이다, 평생을 바다에서 살았지만 아직도 모르겠다. 사람은 다 이해할 수가 없어…… 참으로 놀랍고…….."

그의 말끝이 파르르 떨렸다.

"신비롭구나."

선장님의 시선은 어느덧 다시 부두 쪽을 향하고 있었다. 그의 눈빛은 꿈결 속을 들여다보는 듯 아련했으나 작은 빛들을 품고 있었고, 그의 얼굴 위에 드러난 표정을 읽자 나는 왠지 모르게 옅은 안도감을 느꼈다. 이유는 알 수 없어도 그는 기뻐하고 있었다. 그가 기쁘다면 나도 그걸로 다 좋았다. 바다 위의 세상은 지상보다 고요했다.

"이제 돌아가자."

그가 구부려 앉은 자기 두 무릎을 소리가 나도록 탁탁 쳤다.

"내 마음이 참 좋구나! 껄껄!"

선장님은 그로부터 석 달 뒤에 돌아가셨다. 암이 그의 속을 새까맣게 태우는 동안 마을 사람들 중 누구도 아무것도 몰랐다. 같은 병으로 자기 큰형님을 여의었던 허 씨 아저씨는 선장님이 어떻게 노상 선창에 나와 내 일을 거들었는지 당최 이해가 안 된다고 했다. 서 있기도 힘들었을 것이라고. 숨만 쉬어도 아팠을 것이라고.

나는 상을 치르는 내내 눈물 한 방울도 흘리지 않고 멍하니 주변을 서성댈 뿐이었다. 세상은 똑같았고 사람들은 요란 법석을 떠는데, 선장님은 없고 다들 선장님 집에 모여 앉아 처음 본 사람까지 선장님만 찾았다. 나는 그 소리들과 냄새가 싫었고 무엇보다 표정 없이 파리하게 걸린 선장님의 사진이 가장 싫었다.

'선장님은 저렇게 안 생겼어. 하나도 안 닮았어.'

슬금슬금 뒷걸음질 치다 보니 어느새 집으로 도망쳐 온 뒤였다.

그날은 한 것 없이 이상하게 피곤했다. 내일 일을 위해서 평소보다 일찍 잠자리에 들었다. 하지만 결국 잠에 들지는 못 했다.

여느 때와 같은 이튿날 새벽. 누구보다 일찍 선창으로 나갔다가 그가 없는 것을 알고 거기에서 처음 눈물을 쏟았다. 바다의 퍼렇고 짠 물이 내 두 눈에서 솟아나더니 하염없이 흐르고 넘치고 터지고 번졌다. 슬픔이 큰 파도처럼 일어나서 철썩 치고 또한 번 더 치면, 나는 뺨을 얻어맞고 쓰러진 아이처럼 엎드려서 울고 뒤집어서 울고 또 울었다. 땅콩아, 하고 부르는 소리를 들었다고 착각해서 몇 번이나 주변을 살폈다. 며칠 동안 계속 새벽에 나와 선장님이 오기를 기다렸다. 그러다 다른 어부들이 나타나면 도둑고양이처럼 놀라 뒷길로 도망쳤다. 그 후로도 그가 쓰던 손때 묻은 어구들을 보면 명치를 세게 얻어맞은 것처럼 숨이 잘 쉬어지지 않았다.

얼마 뒤 처음 보는 중년 남성이 찾아와 육지에서 온 그의 친척이라며 자신을 소개했다. 인연을 끊은 지는 얼마나 오래되었는지 마을 사람들 중 아무도 선장님에게 가족이 있었는지 몰랐다. 그때 그 친척 남자에게서 듣고 선장님이 유지를 남겨둔 것을 알았다. 내 앞으로 낡은 어구들과 배를 남겨준 것도 그때 처음 알았다.

둘.

노인이 되면 비로소 알게 된다. 인생이 밀물과 썰물로 이루어져 있음을. 밀려들 때가 있으면 언제 그랬냐는 듯 빠져나가버릴 때도 있고 그 또한 영원히 지속되지는 않는다. 인간의 인생이란 벌레 목숨만큼 가치 없고 하찮은 것이로구나 하면서도, 동시에

형언할 수 없을 만큼 거룩하고 위대한 것으로 느껴지기도 한다면 두말할 것 없이 바로 노인이 된 것이다.

노인이 되었다는 것은 스스로 하찮은 존재가 되어버렸음을 시인하게 하기도 한다. 그러나 살아남았다는 것, 그 지독하고 무섭게 들이닥치던 온갖 인생의 풍랑에서 살아남아 결국에는 잔잔한 바다를 여전히 바라보고 있다는 점에서 느껴지는 묘한 승리감이 있다. 그 승리감은 너무나 마취적인 것이라서 여기저기 고장 난 육체의 통증을 잠시 잊게도 한다. 아, 나는 살아남았고 결국 노인이 되었다. 온몸에 새겨져 있는 노화의 흔적들은 내가 이토록 오래 생존했음에 대한 거부할 수 없는 명백한 증거였다.

바다에서 불어오는 바람은 온갖 것들을 꼬부라지게 한다. 소나무도 여인과 어린애들의 윤기 나는 머리카락도, 단단하고 부드럽고 가릴 것 없이 모조리 휘고 구부러지게 만든다. 제아무리 뻣뻣한 사내라도 바다 생활 몇 달이면 허리를 숙이는 법을 알게 되듯이 말이다.

선장님이 남겨주신 배를 처분한 돈을 가지고, 나는 쫓겨서 도망치듯이 서둘러서 섬을 나갔다. 그때 탔던 배는 육지와 다리로 연결되어 있는 본섬에서 물자나 자재를 실어 나르던 보급선이었는데, (우리 섬은 본섬에서조차도 뱃길로 한 시간쯤 떨어진, 그렇게나 외진 섬이었다.) 돌아오지 않기로 마음먹고 올라탄 배는 마치 처음 타보는 것처럼 낯설었다. 심지어 그날은 바다 물빛도 등허리에 멍든 자국처럼 서럽게 연푸른 옥빛으로 보였다. 배가 섬을 떠나고 문득 뒤돌아보니 내가 태어난 섬이 내 주먹보다 작아지더니, 수평선 아래로 점점 가라앉고 있는 듯 보였다.

'다 두고 간다⋯⋯.'

내 어머니도 보고 느꼈을 감정일지 모른다 생각하니 목 안이 뜨거웠다. 배에서 내려 처음으로 육지라는 곳에 발을 디딜 때까지 나는 줄곧 갑판에 선 채로 울다가 웃다가 살아온 울분을 다 게워내고 다시 못 볼지 모를 바닷물을 눈으로 꿀꺽꿀꺽 들이마셨다. 설움일지 설렘일지 모를 감정들이 파도처럼 철썩철썩 소리를 내며 뱃전을 때렸다. 배에서 내릴 때 나는 이미 지칠 대로 지쳐 있었지만, 바다를 등지고 서서 결코 돌아보지 않았다.

선장님은 돌아가시고 없었지만 그에게 받은 배는 나에게는 늘 갚아야 할 무엇이었고, 청산되지 않는 빚처럼 언제나 마음속에 남아 있었다. 섬을 나가서는 무슨 일이든지 다 했다. 숙식을 제공해주는 공장도 다녔고, 여차하면 공사장 막일도 했으며 조금 모인 돈으로 시장 떼기 보따리 장사도 했다. 그 가운데 만난 대부분의 사람들은 다 돈을 벌려고 험한 일들을 참아가며 억지로 하고 있었다. 그런데 나는 보여주려고 그 일들을 했다. 내가 할 수 있고 그럴 능력도 있음을, 뻗정다리인 다리병신도 할 수 있고 더 잘할 수도 있음을 말이다. 일을 잘한다고 소문이 나서 늘 소개를 받을 수 있었던 통에 다행스럽게도 일감은 끊이지 않았다. 그러다 한 해군기지의 공사 현장으로 흘러 들어가게 되었는데, 다이너마이트로 산을 폭파해서 거기에서 나오는 자갈과 흙으로 바다를 메우는 간척 공사를 진행하고 있었다. 나처럼 배운 것 없고 별다른 기술 없는 사람도 받아주는 곳이었고 하루 품삯도 다른 막일보다 상당히 많은 편이었다. 하지만 무엇보다도 바다를 메워 땅을 이룬다는 것이 나에게 특별한 목적감과 동시에 성취감을 안겨주었다. 거기서 정신없이 몇 년을 일하며 제법 적지 않은 종잣돈을 만들 수 있었고 성실함을 인정받아 반장이라는 직함도 달아보았다. 아마 그때쯤부터였을 것이다. 노골적으로 나를 병신이라고 부르는 사람들이 없어지기 시작한 것은. 적어도 내 앞에서는 말이다.

　나는 할아버지도 없고 할머니도 없었다. 물론 외조부나 외조모에 대해서도 이름 한 자 들어본 적 없었다. 나의 어머니와 아버지는 둘 다 외지인이었다. 어느 뱃사람 하나가 여자 하나를 데려와 섬에서 터를 잡고 아이를 낳은 것인데, 고향이 어디이며 어느 곳 출신인지 묻는 사람도 없었다. 그것이 내 태어난 배경 이었다.

나는 6살 때 소아마비를 앓았다. 어린 시절 기억은 거의 없지 만 열이 들끓고 온몸이 아파 기절하듯 잠들었다 깼다 했던 일만 생각이 난다. 어느 순간부터 내 왼쪽 다리와 오른쪽 다리가 다르 게 자라고 있음을 알았고 그즈음부터 아버지는 툭하면 어머니 를 때렸다. 아니, 그런 일을 행하던 것은 이미 내가 태어나기 전 부터였을지도 모른다. 아무튼 아버지는 집에 오면 어머니를 때 리고 세간 살림을 얼마간 부쉈다. 그러나 어린 마음에도 다행이 라고 생각했던 것은 아버지가 배를 타고 나가기만 하면 한 두어 달은 절대 돌아오지 않는다는 것이었다.

어머니는 섬에 아는 사람이 없었고 그다지 애살맞은 성격도 아니었다. 마을 사람들과도 데면데면하고 낯가림도 심한 편이 었는데 늘 얼굴 한쪽에 피멍 자국이 선명하면 누구라도 활기차 게 이웃과 대화를 나누기는 아무래도 힘들었을 것이다. 우리가 동네를 지나다닐 때마다 사람들이 뒤에서 혀를 끌끌 차는 소리 를 들었다. 나중에서야 그게 어머니의 수줍음 많은 성격이나 온 몸의 멍 자국 탓이 아니라 나의 우스꽝스럽게 절뚝거리는 걸음걸이 때문이었음을 알았다. 나는 여느 아이들이 걸음마를 떼고 달리기 시작할 무렵부터 위태롭게 한쪽 다리를 절며, 옆으로 푹 고꾸라지곤 했던 것이다.

어머니와 나는 그 섬에서 유일한 '우리'였으며, 우리는 서로 가장 좋은 친구였다. 나는 어머니를 웃게 하려고 깡충깡충 춤을 췄으며 몰래 다가가 옆구리를 간질여대기도 했다. 그러면 어머니는 소녀처럼 까르르 웃다 춤에 맞춰 박수도 치고 노래도 불러주었다. 그러다 어느 날 아버지가 돌아오면 먼 바다에서부터 먹구름이 시커멓게 꼈다. 그래도 날은 다시 맑아지고 얼마 안 있어서 아버지가 탄 배는 다시 수평선을 넘어갔다.

나이가 들면 아무리 붙잡아 놓으려고 해도 서서히 바래지다가 기어이 흩어져버리고 마는 것이 기억이다. 모진 풍파를 온몸으로 견뎌내다 보면 즐겁고 좋은 기억, 아프고 울던 기억도 하나하나씩 구름처럼 바람에 밀려 날아가고, 존재에 각인되어 남아 있는 한 장면, 바로 그런 장면만이 남는다. 내가 어린 시절에 대해 아직 기억하는 장면은 이제 이것 하나 정도이다.

어느 볕이 좋은 날 어머니가 마당에 앉아서 포를 뜬 생선을 말리고 있었나 했다. 나는 절룩거리면서도 꼴사납게 넘어지지는 않는 방법을 겨우 깨우쳤을 때쯤이었는데, 한참 낮잠을 자다가 깨어나서 어머니를 향해 뛰어가 쪼그리고 앉은 품속으로 강아지처럼 파고들었다. 어머니의 젖가슴이 포근하게 내 뒷머리를 누르고, 나는 어머니 손이 내 얼굴 앞에서 자늑자늑 움직이는 것을 보면서 뭐라고 칭얼대며 어리광을 부렸다.

"엄마는······."

내 등으로 불같은 기운이 뜨겁게 스며들어 왔다. 어머니의 목소리가 눅눅하게 얼룩져 있었다.

"엄마는 육지로 갈 거야······."

어머니는 자기 품속에 기어들어 온 나에게 업히듯이 온몸으로 나를 꼭 껴안았다. 마치 그렇게 하면 내가 태어나기 전으로 돌아가 다시 어머니의 몸속으로 스며들어 가기라도 할 듯이 말이다. 갓 말을 배우기 시작한 내가 어머니에게 물었다.

"육지가 뭐야?"

대답이 없었다. 그때 갑자기 한두 방울씩 비가 톡톡 떨어졌다.

변덕스러운 섬의 날씨는 해가 쨍한데 비가 퍼붓기도 하고 하루에도 몇 번씩 비가 왔다가 갔다가 하기도 했으므로 익숙한 일이었다. 그런데 내 뒷덜미에 툭툭 떨어지는 빗방울이 뜨겁고 어머니 날숨도 끓듯이 뜨거웠다. 그날 생선포들은 햇빛에 바싹 잘 말랐다. 어머니는 얼마 뒤에 집을 나갔다.

다음 날 아버지가 탄 배가 돌아왔다.

아버지와의 기억은 별로 꺼내놓을 만한 좋은 거리가 없다. 서로 미워하는 것이 일이었던 우리는 방 두 칸에 부엌이 바깥에 딸린 한 슬레이트 지붕 밑에 살면서도 따로 먹고 따로 자며 완전히 따로 살았다. 그런 일이 가능할 수 있었던 이유는 아버지와 나 사이의 유일한 가교였던 어머니가 더 이상 존재하지 않기 때문이었고, 서로를 최대한 무시하는 것에 암묵적으로 동의되어 있었기 때문이었다. 나는 뒤뜰에서 저 혼자 자라는 푸성귀처럼 살았고, 아버지의 술에 전 입에서 내 이름이 불리는 일도 거의 없었다. 어쩌다 서로의 존재를 눈치채게 되는 날이면 마른하늘에 날벼락 치듯 내 뺨따귀에 불이 튀었다. 그러면 나는 옆으로 나자빠진 채로라도, 온 힘을 다해서 그를 노려보았다. 어머니는 손찌검을 당할 때 아버지를 마주 본 적이 없었다. 그래서 눈 한 번 깜빡이지 않고 턱이 부들부들 떨릴 정도로 이를 악물고 노려보는 것만으로도, 때로는 짐승을 당황시키거나 물러나게 할 수 있었다. 물론 언제나 통하는 것은 아니었지만, 가끔씩은 효과가 있었다.

아버지는 바다에 나가야만 했다. 그는 파도 위에서 너울을 타는 감각에 익숙했으며, 전쟁 같은 조업 끝에 배 위에서 마시는 소주 한 병을 제 아내나 자식, 아니 그 무엇보다 더 사랑했다. 물고기 떼를 쫓아가고 그물을 치고, 허탕을 치거나 만선이 되거나 하는 도박 같은 묘미도 분명 있었다. 배 안의 기계들이 풍랑에 맞서 내는 그 소음과, 일정 부분 목숨이나 팔다리 하나쯤은 걸고 가는, 배 위에서의 거친 사투에 깊이 중독되어 있었다. 그 감각이 아버지를 살아 있게 하고 존재하게 했던 것이다. 일이 위험할수록 그는 기꺼워했다. 돈은 육지에 내렸을 때, 약간의 생활비를 주고 나서 유흥이나 도박으로 다 탕진해버렸다. 돈은 결코 차곡차곡 모아두거나 여유가 있어서는 안 되었다. 그래야 또 금방 배를 타고 나갈 핑계가 생길 것이 아닌가. 그가 몇 달 동안의 원양생활을 마치고, 다시 섬에 발을 내디뎠을 때 쥐고 있는 것은 돈이나 잡은 전리품이 아니었다. 승리감과 존재 증명, 태어난 이유와 자긍심이었다. 그가 술에 취해서 벽 너머로 밤새 주절거리는 소리를 억지로 듣고 있자면, 그는 사나이, 사내라는 말을 참 많이 했다.

"나는 사내다! 사나이 중의 사나이! 바다 사내란 말이다! 그런데 저것 때문에…… 끅, 병~신을 싸질러놓고……."

그때 나는 나의 존재가 아버지의 절망임을 알았다. 어린 나를 맡길 곳도 없고 돌봐줄 사람도 없었으므로 그냥 팽개쳐놓고 몇 달씩 배를 탈 수 없게 되었던 것이다. 어쨌든 자식이니까. 고아원에 맡겨버리기에는 그의 자존심이 허락하지 않았을 것이다.

어머니는 알고 그랬을까? 바다에 나가지 못하게 하는 것이 아버지에게는 최고의 복수임을 알고 집을 나갔던 것일까? 만약 내 다리가 정상이었다면, 아버지는 나를 자신과 같은 바다 사내로 키우려 했을까? 그런데 몇 달 만에 집으로 돌아와서, 내 한쪽 다리가 기이하게 앙상해져서 절룩거리는 것을 보고 아버지는 어떤 마음을 느꼈을까? 아들이 병신이기 때문에, 결코 자신의 위업을 물려줄 수 없으리란 것을 알고는 그의 심정이 어땠을까? 나의 존재가 그에게 고통을 줄 수 있을 만큼 충분히 절망스러웠을까? 그런 것을 생각하면 맞은 곳의 통증이 좀 가시고, 어머니에 대한 그리움은 더욱 커지곤 했다.

셋.

12살이 되었다. 일찍부터 조숙했던 나는 그즈음부터 벌써 노인 같은 어린애가 되어 있었다. 바다에 나가지 못하는 아버지가 술에만 매달리게 되면서, 그나마 변변치도 않은 집안 살림을 다 깨부수는 통에 매일 쑥대밭이 된 집 안을 정리하는 게 지긋지긋해질 때쯤이었다. 내 생김새는 아버지를 거의 닮지 않았고, 어머니를 판에 박은 것처럼 쏙 빼닮은 외모로 자랐다. 나도 거울을 보고 있자면 어머니 얼굴이 종종 겹쳐 보일 정도였다. 그러다 보니 아버지는 나를 볼 때마다 어머니를 보는 듯했을 것이다. 어떨 때는 내가 마당으로 들어오는 것을 보고 순간 어머니인 줄 착각해서 깜짝 놀라기도 했다. 그래서인지 어릴 때보다 자라면 자랄수록 더 나를 미워하기 시작했다. 그래도 나는 내 얼굴이 그를 닮지 않은 것이 다행스럽고 감사하기까지 했다. 나는 어머니의 자식이니까. 아버지는 단순 호칭일 뿐이다. 나는 저자와는 전혀 다르다.

어느 밤.

새벽 늦게 얼큰하게 술이 취해서 고주망태가 된 채로 들어온 아버지가 소란을 피우기 시작했다. 나는 자다 깨 달려 나와서는 그가 발로 차서 엎어트린 것들을 묵묵히 주워 담고 있었다. 그때까지만 해도 어머니가 언제고 돌아올지 모른다는 희망이 있었다. 그래서 나는 장독이나 어머니가 소중히 아끼던 것들을 아버지의 행패로부터 보호하기 위해 나름의 애를 쓰고 있었던 것이다. 어머니가 돌아오면 우리가 다시 행복하게 사는 데에 필요할 것들. 그런 모습이 아버지를 더 긁고 자극했다. 그는 나를 막고 서서 폭언을 시작했다. 늘 같은 타령이었다. 아무짝에도 쓸모없는 놈, 등신, 병신, 뻗정다리.

나는 그런 말을 들어도 울지도 않았다. 심지어는 움찔거리는 기색도 안 했고 그가 하는 말은 아예 들리지도 않는 체했다. 그러면 아버지는 화를 더 돋우려고 "이제 귀까지 먹었냐"라는 식으로 나를 더 도발했다. 그러나 나는 잘 알고 있었다. 반응하면 지는 것. 그는 무시당해야 한다. 누구에게도 더 이상 존재하지 않는 사람처럼 스스로를 느껴야 한다. 그는 고립되어야 한다. 그게 내 유일한 반격이었다. 적어도 그날 이전까지는 그랬다.

"알겠냐, 느이 두 연놈이! 내 인생을! 다 조져놨어!"

새로운 것이었다. 전에 들어본 적 없는 새로운 단어와 문장의 조합이었다. 뱃속이 뜨끔하는가 싶더니 갑자기 속에서부터 불 같은 기운이 분화했다. 목으로, 입으로, 눈과 정수리 꼭대기까지 마구 치받쳐 솟구쳤다. 내 눈이 뒤집혔다. 두 손이 부들부들 떨렸다. 성한 발로는 땅을 막 차고 구르면서, 뭐라고 하는지도 모른 채로 목이 터져라 악을 쓰고 있었다. 나는 광주리를 집어 던졌다. 탱, 하고 가볍게 아버지의 발치에서 튕겨져 나간 그것은 내 터져버린 분노의 만 분의 일도 표현하지 못했다. 나는 옆구리에 총알이 박힌 멧돼지처럼 미친 듯이 마당을 뛰어다니며 물건을 차고, 밀고, 집어 던져버렸다. 아버지는 얼이 빠진 채 그 자리에 굳어 있었다. 그때 아버지의 소주 궤짝이 내 눈에 들어왔다. 아버지가 이 집안에서 가장 좋아하는 것. 아버지가 늘 원하는 것. 아버지에게 꼭 필요한 것. 나는 12살의 가느다란 팔로 도저히 들 수 없을 것 같은 그 술 궤짝을 단숨에 들어서 아버지 발 앞에 쳐 던져버렸다. 소주병들이 파장창 소리를 내며 깨졌고 알코올 냄새가 피 냄새처럼 온 마당에 퍼졌으며 나는 바닥에 뒹구는 채 운 좋게 안 깨진 소주병까지도 일일이 주워서 산산조각이 나도록 바닥에 내동댕이쳐 버렸다. 나는 계속 소리를 지르고 있었다. 온몸에 소주를 뒤집어쓰고 양손은 깨진 병에 베여 피가 흐르고 있었다. 아버지를 똑바로 바라봤을 때, 그가 입을 떡 벌린 채로 주춤거리더니 새된 신음 소리를 흘렸다. 그러더니 사뭇 비겁한 얼굴로, 얼쯤얼쯤 두 발 정도 뒤로 물러서는 것이었다.

기억이 난다. 나는 대문을 부수듯이 박차고 나와 맨발로 이 비탈길을 내달렸었다. 그때 그날 그 새벽의 기온도 마침 지금과 크게 다르지 않았다. 꽁꽁 언 손에 의해서 심장이 쥐어 짜이는 기분, 몸통에서 떨어져 나온 팔 한쪽이 되어 물속에 내던져진 기분이었다. 지금 생각하면 50년도 더 지난 일인데, 이제 나는 하얗게 늙어 허리도 굽고 지팡이에 의지하는 노구가 되었는데도 풀 한 포기 변하지 않은 듯한 이 풍경은 어찌하면 좋은가. 원래 살던 아버지의 집이 있던 언덕배기에는 수풀만 무성하고 이제는 집터조차 남지 않았다. 그래도 섬으로 다시 돌아와 아주 눌러

살기 시작한 뒤부터는 가끔 옛집이 있던 자리에 와서 홀로 먼 바다를 내려다보곤 하였다.

절룩거리는 맨발로 정신없이 내리막길을 뛰어 내려가던, 아직 군살 하나 없이 연하던 발바닥이 흙길에 마구 쓸리던 감촉이 떠올랐다. 그때 내 어린 머릿속에는 아버지에게 이렇게 패악질을 쳐버렸으니 이제 다 끝났다, 갈 곳도 없다, 콱 죽어 버려야겠다는 생각만이 가득했다. 나는 어머니가 날 버리고 떠난 그 부둣가를 향해서 무작정 달렸다. 숨이 목을 조를 듯이 가빠오는데도 달리는 속도는 그리 빠르지 않아서 한참이 걸려서야 겨우 선창에 도착했다. 희붐한 안개가 섬 전체를 둘러싸고 있고, 그 속에서 깨어 있는 자는 오직 나뿐, 아니 이 섬과 나 단둘뿐이었다.

나는 완전히 지쳐 있었다. 악을 쓰고 난리를 쳤던 통에 더 이상 달릴 수 있는 땅이 없는 곳까지 달려왔을 때는 온몸의 피가 썰물처럼 다 빠져나가버린 듯 창백해져 있었다. 아닌 게 아니라 실제로 양손에서 피가 계속 흐르고 있었다. 발바닥에서도 피가 흘렀다. 나는 쌓여 있는 폐그물 더미 사이에 몸을 묻고 웅크리고 있었다. 이제 내가 갈 곳은 오직 저 시커먼 물속뿐이겠구나. 아무 곳으로도 돌아갈 곳이 없구나.

더 이상은 눈물도 흐르지 않고 어머니에 대한 그리움도 느껴지지 않았다. 어린 나이였지만 죽음을 결심하자 놀라운 평정이 일어나 마음속을 고요하게 만들었던 것이다. 나는 울어서 부은 눈을 끄먹끄먹 하게 뜨고 저 멀리 수평선을 찾아보고 있었다. 아직 동이 틀 시간은 아니어서 밤하늘과 바다의 경계가 서로 합쳐진 듯 흐릿했다. 껴안은 무릎에서 내 심장박동이 느껴졌지만, 그것이 죽을 마음을 내치게 할 정도로 강력한 울림이 되어주지는 못했다.

'수평선이 보일 때…… 들어가야지.'

나는 생선의 지느러미 따위가 말라붙어 있는 버려진 그물의 품속에서 아주 잠시 동안 포근했다. 그리고 열두 해 동안 살아온 시간들을 추억했고 섬의 계절들을, 어머니가 불러주었던 노래들을 천천히 추억했다. 잠시만 더 기다리면 어둠이 걷히고 바다 물빛이 푸르러질 것이다. 그러면 어머니가 있는 육지로 스르르 헤엄치듯 갈 것이다. 나는 갈 것이다. 너무 지쳤다.

"아침잠이 없으니 딱 맞군."

나는 화들짝 놀라면서 꽁꽁 싸듯 안고 있던 몸을 확 풀었다. 굵고 낮은 사내의 목소리. 어두운 주변을 둘러보아도 아무도 보이지 않았다. 누군가 다가오는 것을 보지 못했다. 사람의 기척을 느끼지 못했다. 나는 그물 사이에 파묻힌 듯 숨어 있었다. 그런데 누군가 나를 발견했다. 어느새 발치까지 다가와 선 그는 바다를 등진 채 나를 내려다보았다. 그는 나의 손과 발에서 흐르는 피와 땟국물에 눈물자국까지, 알코올을 뒤집어쓴 만신창이 꼴에 퉁퉁 부은 눈과 퍼렇게 질린 얼굴을 다 보았다. 그리고 나의 절망을, 아버지의 절망에 산 채로 파묻힌 나를 똑바로 서서 들여다보았다. 나는 무방비였고 죽기를 각오한 상태였으며 그 자체로 아가미가 활짝 열린 채 마지막 숨을 그러모으려는 잡힌 물고기와도 같았다. 그런데도 그 사내는 별 대수롭지 않다는 표정으로 웃고 있었다. 그의 등 뒤로 하늘과 바다 사이에 미약하지만 분명한 은빛 실금이 그어지고 있었다. 그는 손을 내밀며, 이렇게 말했다.

"어떠냐, 바다 일을 해보겠느냐? 보수는 내 가르침이다."

넷.

육지에서의 삶은 늘 목 언저리에서 모래 가루가 버석거렸다. 선장님이 돌아가시고 섬을 나온 뒤, 10년쯤에 한 번씩은 꼭 열병 같은 향수가 펄펄 도졌다. 그러면 아무 지불하는 대가 없이도 순백색 구름을 바라볼 수 있는 섬이, 떠난 고향이 그리워 울고 나는 딱 죽을 맛이었다. 먼 바다 저 멀리 수평선 끝에서부터 불어오는, 오월의 바닷바람을 잠시도 모르고 살다 죽는 도시 사람들이 때로는 가여웠다. 육지에서는 모든 것에 주인이 있었고 그 주인이란 대부분 돈이었다. 돈의 허락을 받지 않고서는 무연하게 하늘을 바라볼 권리조차 갖지 못하는 인생들이 모래 산처럼 내 눈앞에 켜켜이 쌓여 있었다. 아직 젊은 내 매일은 그 모래 산에 삽을 박아 넣는 것으로 시작해 삽을 떨구는 것으로 끝이 났다. 방으로 돌아오면 눈썹과 속옷까지 흙과 모래투성이가 되어 있고, 모래 산은 여기에서 저기로, 자리만 조금 옮겨져 있을 뿐 사실 늘 거기 그대로였다.

언젠가 다시 심한 향수가 도져, 독한 술을 마셔도 도저히 못 취하던 때가 있었다. 나이는 아마 스물여덟이나 서른 사이. 그때 마음을 주고, 서로 안을 보였던 한 여인이 있었다. 그녀는 공사장 인부들의 식사를 돕는 찬모였고, 놀라우리만치 내 저는 다리를 의식하지 않는 기술이 있었다. 그녀는 특별할 것 없었지만 못나지도 않았고, 날 때부터 웃는 상으로 소려한 얼굴에 말수가 적고 손발이 빨랐다. 그 여인을 처음 본 지 며칠이 채 지나지 않았는데 향수병이 씻은 듯이 가라앉자 나는 참 놀라웠다. 그 말수 없는 여인이 내게 계속 말을 걸자 그것도 놀라웠고, 배시시 웃는 말간 얼굴이 보고 싶어 식당에 갈 핑계를 궁리하는 나 자신도 놀라웠다. 그녀는 놀랄 만큼 빠르게 나를 점령하고, 한 계절이 다 가기도 전에 나는 자처하여 그녀의 일부가 되었다. 모래 산은 어느새 사금의 산으로, 삶은 극도의 열기에 달아올라 붉은 유리물처럼 녹아졌다.

"선주님."

장정 너덧이 나를 지나쳐가며 꾸벅 인사를 한다. 저들 중 둘은 새 배의 선원과 기관장이고, 둘은 헌 배의 선장과 선원이다. 나는 지팡이에 올려놓았던 한 손을 살짝 들어 올렸다가, 다시 지팡이 위로 가볍게 내려놓는다. 사내들은 몸에 밴 갯내에 섞인 취기를 풍기며, 조금은 우물쭈물하며 내 앞을 지나갔다. 그들 중 하나가 어깨너머로 할금할금 나를 돌아보고, 나는 곁눈으로 그것을 다 보면서도 짐짓 못 본 체한다. 섬으로 돌아올 때 재산을 정리해서 산 새 배가 하나, 돌아와서 몇 년 뒤에 적당한 값에 사들인 헌 배가 하나. 조만간에 그 배 두 척을 굴려 모은 돈으로 또 한 척을 더 살 생각이다. 그러다 보니 재산이랄 것이라고는 덕성밖에 없는 섬 주민들 사이에서 돈 많은 유지라고 아예 소문이 났다. 섬에서는 선주가 가장 힘 있고 두려운 사람인 것. 하얗게 바랜 늙은이도 절름발이도, 위시받는 선주의 이름 앞에서는 쉽게 가려진다.

배가 두 척이다 보니 내 배에서 일하는 선원이 열둘이 넘는다. 스스로를 뱃놈이라 부르며 거친 일에 몸이 더 익은 사내들이다. 나는 그들에게 급여를 미룬 적이 없고 때때로 가불을 청할 때도 거절한 적이 없다. 그리고 그들 중 누구와도 길게 말을 섞거나 안부를 물어본 적이 없다. 그러자 단순한 사내들인 선원들은 나를 좋아해야 할지 싫어해야 할지를 몰라 몇 년째 안절부절이다. 성치 못한 몸으로 재산을 저만큼 불린 독한 뻗정다리 선주 놈인지, 존경스럽고 인심 좋으신 선주님인지를 아직까지 결정하지 못하고 있는 것이다. 사람들은 서로 잘 알게 되면서부터 배신도 하고 상처도 주고받는다. 나는 사람들이 나를 알아갈 기회가 없도록 그저 가만히 내버려두었다. 그렇게 시간이 조금 더 흐르자 속을 알 수 없는 늙은이에서, 선창의 아무 곳에나 툭 놓인 수명이 다한 어구 같은−바로 곁에 다가서서야 가까스로 알아볼 수 있을 만한−그런 반투명한 존재가 될 수 있었다.

나는 원래도 잠이 없었다. 그런데 철회색 머리카락이 아직 완전히 희어지기도 전에 밤잠을 거의 다 잃어버리고 말았다. 늦은 저녁 두세 시간쯤 그루잠이라도 자면 그날은 감지덕지한 편이었다. 그래서 한밤중에 혼자서 눈을 뜨면 간단히 채비를 하고 나와 해가 뜰 때까지 온 섬을 걸어 다녔다. 몸무게의 대부분을 지탱하는 한쪽 다리는 관절이 꽤나 망가져 버렸으므로, 언젠가부터 지팡이나 목발이 없으면 단 몇 걸음도 떼기가 어려웠다. 그래도 섬의 오르락내리락하는 지형에 목발은 도저히 맞지 않는 최

악의 선택이었으므로 지팡이를 아주 열심히 몸에 익혔다. 이제는 내 비틀어진 아픈 다리보다 훨씬 더 훌륭히 제 역할을 해주는 셈이 되었으니 다행이었다. 그렇게 걷다 다리의 고통이 참기 힘들 만큼 심해지면 선창으로 갔다. 배들이 정박된 곳에 앉아서 해가 뜨기를 기다리고, 밤이 완전히 물러나기 전에 돋을볕을 등에 업고 집으로 돌아가는 것이 매일 스스로 정해놓은 일과였다.

'아이고, 저놈이······.'

나는 어둠 속에서 조금 더 잘 보려고 눈살을 찌푸렸다. 온몸에 성한 데가 없는 것에 비해 시력은 아직 좋은 편이어서, 안경을 안 쓰고도 꽤 멀리까지 볼 수 있었다. 저 애를 본 것은 벌써 여드레는 되었다. 이른 새벽 컴컴한 선창에 도착해보면, 웬 어린애가 혼자 쪼그리고 앉아서 갈맷빛 바닷물을 들여다보고 있는 것이었다. 13살, 아니 중학생쯤 되었을까. 코를 훌쩍거리면서 제 발가락을 비틀어 꼬집고 있는 모습이 아무래도 마음에 영 거슬리던 참이었다.

'아이고! 저놈이······.'

소년은 비틀비틀 내 새 배에 기어 올라탔다. 그러더니 비쩍 곯은 팔다리를 바들바들 떨며, 위태롭게 뱃머리 끝까지 가서 척 하고 올라서는 것이었다. 엉거주춤 한쪽 다리를 들었다 놨다 하는 꼴이 어째 예사롭지가 않았다. 순간 생각이 머릿속을 갈랐다.

'죽으려고 하는구나……!'

나는 급한 나머지 지팡이를 들고 허공을 휘적휘적 그었다. 뭐라고 소리를 쳐야 할 것 같은데 물 먹인 솜으로 목을 틀어 막힌 듯 엇, 어 하는 소리밖에 뱉어지지 않았다. 주변에는 아무도 없고 저 어린놈이 풀쩍 뛰어내려 버리면 늙은이인 내가 따라 들어가 건져 올릴 수도 없을 것이다. 어떻게 하나, 헛숨만 색색 새다가 갑자기 외마디 소리가 터져 나왔다.

"저, 저…… 도둑 잡아라!!!"

나도 모르게 튀어나온 말이었다. 깜짝 놀란 소년이 홱 하고 뒤를 돌아보았다. 달빛이 그의 야윈 얼굴에 하얗게 세로진 눈물 자국과, 아이답게 새하얀 흰자를 번쩍번쩍 반사하여 비추듯 밤의 어둠 속에서 드러내 보였다.

"너 이놈! 도둑 잡았다! 도둑!!! 도둑이야!!!!"

나는 지팡이를 크게 흔들며 소년의 관심을 더욱 끌기 위해 꽥꽥 소리를 쳤다. 그 말라깽이 아이는 당황한 기색이 역력한 채로, 방금 자기가 하려던 일이 무엇인지도 까먹은 것 같은 눈치로 황망히 그 자리에 굳어 있었다.

이다음은 어찌해야 하나. 달려가서 저놈을 잡고 끌어내릴 수 있을까 고민하는 찰나, 생각지 못한 외침이 내 귀에 들려왔다.

"도둑 아니에요!!"

나는 무어라 대답할지 몰라 소년을 바라보고 서 있었다. 우리는 생과 사의 작은 금을 사이에 두고 일촉즉발의 대치 상태였던 것이다. 소년의 한쪽 발끝은 아직 선수의 끄트머리에 올려져 있었다. 하지만 몸무게를 실은 나머지 발 하나가 아래쪽으로 털썩 내려와 딛는 것을 보자, 놀라서 얼어붙을 것 같았던 내 심장이 손끝까지 더운 기운을 마구 내뿜기 시작했다. 해볼 만하다. 아직 기회가 있다.

"저 도둑놈 아니란 말이에요!!"

내가 별다른 대꾸 없이 침묵을 지키자 소년이 잔뜩 화난 어조로 악을 쓰기 시작했다. 억울했던 것이다. 단순하고 별것도 아닌 억울함이 저 아이의 죽으려는 의지를 일순 꺾어준 것이다.

"오냐, 네가 내 배에서 뭘 훔치려고 한 게 아니란 말이냐? 그럼 거기 왜 올라가 있냐! 썩 내려오지 못해?"

나는 짐짓 무서운 어른인 체를 하며 어깨를 부풀리고 호통을 쳤다. 녀석은 배의 주인이라는 자가 꾸지람을 놓자 적잖이 당황하더니 창백한 얼굴에 제법 핏기가 돌아왔다. 나쁜 일을 하다가 걸린 아이들이 짓는 딱 그 표정이었다. 아이들은 때때로 자기가 저지르는 일이 어떤 결과를 초래하는지 알지 못해서 행한다.

"으……."

소년은 마지못해 휘청거리며 배에서 땅으로 풀쩍 뛰어 내려왔다. 아이다운 순수함 때문에 이렇게 허술한 공작이 먹힌 것이다. 아이들도 죽을 마음을 품을 수 있고 심하면 자살에도 성공할 수 있다. 아이들은 대체로 어른보다 덜 비겁하고 더 용감하기 때문이다. 그러나 억울함은 세상에서 이미 닳고 닳아버린 어른보다 훨씬 더 참아내지 못한다. 그 영혼이 순수할수록. 마음의 여백이 많고 흴수록.

'죽고 나서 도둑놈이라고 몰리기는 싫었겠지. 그래, 한 발 한 발 이리 오너라. 네 결백을 증명하러 이리 오너라.'

아이는 어느새 조촘조촘 내 앞까지 왔다. 가까이서 보니 인중이 거뭇거뭇한 것이 아무래도 중학생은 되어 보였다. 체구가 작고 몸이 야위어서, 멀리서는 더 어린아이로 보였다. 소년은 훌쩍이며 손등으로 콧물을 쓱 닦았다. 섬에서 통 본 적이 없는 아이인데……. 무슨 사연이 있어서 이 어린 나이에 벌써 죽으려고 하였느냐. 나는 아무것도 묻지 않고 소년을 가만히 바라보았다. 사자(使者)가 어부의 마음을 안다면, 이렇게 어린 고기는 잡혀도 놓아주어야만 하는 까닭을 이해할 것이다. 너는 오늘 죽지 못한다. 내가 너를 여드레 전부터 보고 있었으니까. 저승사자보다 먼저 내가 너를 낚았으니까.

긴장이 가시자 몸에 힘이 풀렸다. 나는 지팡이에 온몸을 다

기대 싣고 간신히 서 있었다. 요 새파랗게 어린 고얀 놈. 나는 소년에게 핀잔을 주고 싶었지만 섬에 애꿎은 꽃 무덤 하나 더하는 꼴은 면했다는 생각으로 마음 깊이 안도하고 있었다. 아이는 몸을 배배 꼬면서 고개를 푹 숙이고 제 발끝만 보고 서 있었다. 이놈을 따라다니면서 또 이런 짓을 못 하게 막을 수는 없을 것인데. 어찌하면 좋을까. 어찌하면.

"너는 아침잠도 없냐."

소년이 고개를 들더니 울어서 부운 입술로 뭐라 항변을 하려다 말았다. 이 아이에게 내일과 모레, 또 계속해서 이어지는 그다음 날을 주려면 역시 그 수밖에는 없겠다.

"이렇게 아침잠이 없으니, 바다 일하기에 딱이구만 그래."

다섯.

지석이는 잘 웃었다. 저렇게 겉으로 잘 웃는 아이들이 속은 시커멓게 타 있는 수가 많았다. 지석이는 무슨 말을 하려다가 말아버리는 경우도 많았다. 그리고 "저는 괜찮아요……" 하면서 말끝을 흐리는 습관도 있었다. 그 자신은 알지 못하는 것 같았다. 목뒤의 뼈가 툭 불거져 보일 만큼 고개를 푹 숙이고 있는 버릇도 있었다. 마치 제 동그란 머리통 속에 든 생각들이 너무 무거워서 그 야윈 목으로 지탱해낼 수가 없는 것처럼 말이다. 손톱은 열

손가락 죄다 깨물어 뜯어 원래 있어야 할 만큼의 반절도 남아 있지를 않았다. 무의식적으로 자기 몸을 꼬집어 뜯기도 했다. 그런 행동들은 어떤 사람들에게는 전혀 보이지 않는 투명한 표징일지 모르나, 같은 슬픔을 앓았던 사람에게는 100미터 밖에서도 도저히 눈치채지 않을 수 없는 강렬한 냄새와 색깔, 소리들이었다. 나는 한눈에 지석이를 알아보았다. 그것들은 모두 버려진 아이의 특징이었다. 아직 어린 소년은 부모에게 원망을 품기에는 너무 선하고, 자신에게 일어나는 불행에 대해 누구를 탓해야 하는지 몰라 스스로를 미워하는 것으로 제 슬픔의 인과를, 억지로 자기 자신에게 이해시키고 있는 것이었다.

나는 그 아이와 마주했던 그 새벽의 아침이 밝자마자 마을을 돌아다니면서 소년에 대한 정보를 캤다. 비슷한 또래 아이들에게, 지난밤의 수확을 안고 입항하는 어부들에게, 동네 길목에서 삼삼오오 모여 있는 아낙들에게, 그리고 물질을 하러 가는 해녀들과 잡화상 주인에게도 못 보던 아이에 대해 물었다. 지석이라는 그 소년에 대해 아는 것이 있는 사람도 전혀 모르는 사람도 마지막에는 항상 호기심이 가득한 눈길을 숨기지 못하고 이렇게 되물었다.

"근데 선주님이 뭐가 궁금하셔서 그러신데요? 갸가 뭘 어쨌

길래요?"

나는 그냥 고개를 절레절레 젓고 '그냥 못 보던 애가 뵈길래……'라며 대충 얼버무렸다. 다행스럽게도 수다 떨기 좋아하고 남 이야기하기 좋아하는 잡화상 주인이 지석이의 사정을 대강 알고 있었다. 그자는 나를 붙잡아놓고 자기가 듣고 아는 몇 가지 이야기에 없는 살도 붙여가며 신나게 떠들었다. 내용인즉 짧고 간단했다. 부모가 이혼했고 가족은 뿔뿔이 흩어졌는데, 집 나가듯 떠났던 지석이 어미가 친정 부모가 계신 섬에 갑자기 돌아와서는, 지석이를 맡겨놓고 훌쩍 가버린 지 벌써 몇 달이나 되었다는 것이다. 육지에서 돈을 벌고 안정이 되면 금방 데리러 오겠다고. 이곳이 제법 외딴 섬이기는 하지만 딸도 얼마나 왕래를 하지 않았던지, 지석이 외조부는 이때 외손주인 지석이를 난생처음 보았다고 한다. 그러면서 딸년이 다 큰 혹을 붙여놓고 도망을 갔다며 1, 2년 안에 데리러 오기는 글렀다고, 술을 사러 와서는 투덜투덜하더란 것이다.

그렇게 나는 지석이의 사정을 대강 알게 되었다. 그러나 자세한 내용을 들어보고 말 것도 없이, 너무나 뻔하고 흔해빠진 이야기 그 자체로 더 들춰보지 않아도 저절로 다 이해가 되었다. 나는 지석이에게 시킬 일이 있으니 내일 새벽에도 선창에 나오라고 약속을 받았다. 젊은 애들 시쳇말로 "아르바이트라고 생각해라, 품삯은 줄 테니" 하였더니 지석이 얼굴빛이 곧 환해졌다. 그리고 다음 날 이른 새벽, 강아지처럼 달음질을 치면서 선창으로 신나게 뛰어 들어오는 것이었다. 어제 바다에 뛰어들어서 죽으려고 한 녀석이 맞나 싶을 정도로, 기대감과 호기심에 파란 새벽보다 더 파랗게 빛나는 두 눈을 하고. 나중에 알고 보니 그것은 제 힘으로 돈을 벌 수 있다는 것에 대한 희망과, 돈을 벌면 섬을 나가서 제 부모와 같이 살 수도 있을 것이라는 아이다운 어리석음이 빚어낸 무구한 열정이었다. 나는 그래도 지금 지석이에게 가장 필요한 것이 그런 착각임을 잘 알고 있었다. 그리고 내가 줄 수 있다면 계속해서 그것을 주고 또 주고 싶었다.

"할배! 할배! 할배!! 하아아알배애애애~!"

섬 소년답게 거멓게 그을린 얼굴이 저 멀리에서부터 껑충껑충 뛰어온다. 저놈이 원숭이인가, 사람인가 싶을 정도로 지석이는 까불고 시끄럽고 촐싹 맞아서 귀찮기 짝이 없다. 나는 귀가 먹어서 안 들리는 체해보지만 그런 연기는 통한 적이 없다. 지석이는 먹는 것이 다 키로만 가는지 어느새 내가 고개를 들고 올려다봐야 할 정도로 크게 자라고 곯았던 팔다리도 보기 좋게 쭉쭉 늘어났다. 눈치도 있고 타고난 머리도 좋은지 일 배우는 속도가 빠르다고 칭찬도 많이 받는 듯하다. 무엇보다 열 손가락 다 멀쩡해진 손톱에 목소리도 크고 제법 친구도 많아졌다. 나에게는 제 외조부에게보다 더 버르장머리 없이 구는 경향이 있어서 남들 보기에 이상할까 그게 걱정이다. 면박을 줘도 이놈은 헤헤헤 하고 실실 웃을 뿐 나를 겁내는 모양이 아니다. 하긴 등도 굽고 쪼그라진 노인이 뭐가 겁이 나겠냐마는. 그래도 나는 늘 주의를 준다.

"시건방진 놈, 할배가 뭐냐. 선주님이라고 해라."

내가 지팡이 끝으로 지석이의 종아리를 툭 친다. 지석이는 힘이 남아도는지 새처럼 가벼운 몸짓으로 살랑 피하며 내 주변을 정신없이 폴짝폴짝 뛰어다닌다.

"할배를 할배라고 하지 뭐라고 해요! 나는 계~속 할배라고 할 거다."

"허 참, 고얀 놈……."

지석이가 까불면서 낄낄 웃는다. 나도 그 모습이 얼척없어 헛웃음이 피식 새어 나온다.

그새 5년이 흘렀다.

지석이는 처음에는 할 줄 아는 것이 없어 그물이나 투망을 정리하고 잡어 선별이나 선적, 배 청소하는 일부터 하나씩 배워나갔다. 그러면서 뱃일하는 사내들을 어깨너머로 가만히 구경하

더니 어느 날 헐레벌떡 뛰어와서는 대뜸 기관장이 되고 싶다고
했다.

　그러면서 선장보다 기관장이 더 멋지다고, 자기는 기계가 좋
고 기관실에서 나는 소리들이 노래처럼 들린다고 했다. 나는 그
말을 듣고 먼 옛날, 이미 잃어버린 줄 알았던 기억의 한 귀퉁이
에서 문득 나의 선장님이 떠올랐다. 배가 우는 소리를 듣고 폐선
을 하였다던 말, 수명이 다한 배를 몇 번이고 되살려서 다시 바
다로, 바다로 나가던 모습. 배를 한낱 탈것이나 도구로 보지 않
고 마치 생명이 있는 동료처럼 여겼던 선장님과 지석이가 일순
참 닮아 보였다. 바다 위를 달리는 배의 노래를 나 또한 들어본
적이 있었던가? 나는 평생 나의 장애와 싸웠지만 그 싸움은 팽
팽한 줄다리기였을 뿐 결코 이겨본 적은 없는 싸움이었다. 섬에
서 도망친 뒤로는 한 번도 배를 타고 나가 그물을 끌어올려보지
못했지만 대신 늘그막에는 선주가 되었고 그것으로 위안하는
삶을 살았던 것이다. 그런데 지석이가 꿈꾸듯이 배의 기관실에
대해 말하기 시작할 때, 그곳의 기계들이 어떻게 작동하고 어떤
마법 같은 방법들로 서로 물려 돌아가게 하는지를 설명할 때 갑
자기 내 가슴에 철썩하며 큰 무엇이 쳤다. 이미 오랜 세월 풍랑
에 깎여 내려간 가파른 절벽 같은 노인의 심정에 큰 파도가 철썩
때리더니 멀리 밀려났다가 다시 더 크게 나를 때렸다. 그날 나는

아무도 모르게 혼자서 작은 결심을 했다.

바다가 붉다. 나는 언제나 앉는 선창의 한 구석 자리에 앉아서 정박한 배들 사이로 붉은 물결이 스며드는 것을 지켜보고 있었다. 구름결이 비늘 모양으로 하늘을 옷 입히고, 태양이 수평선 아래로 제 몸을 누이면 이내 금빛과 보랏빛의 장막이 이 작은 섬을 둘러쌀 것이다. 그 시간은 비할 데 없이 황홀하지만 더없이 짧기도 하다. 마치 인생의 아름다운 한때처럼, 눈을 몇 번 감았다 뜨면 이미 밤의 쪽빛에 밀려 사라지고 말 정도로. 살아온 날보다 남은 날들이 더 많을 때에는 보아도 그 놀라움을 다 알지 못한다. 이것은 주인 없는 보물, 값을 못 매길 풍경이다.

나는 이미 내 명보다 더 오래 살아남았으므로, 이 순간들을 매일 내 눈으로 새겨보는 것 외에는 달리 바라는 것도 더 꿈꿀 것도 없다. 단지 걱정거리가 하나 있다면 바로 이 녀석이다. 지금 내 옆에 앉아서 방정맞게 다리를 떨고 있는 이 철딱서니 없고 어리숙한 놈.

"다리 떨면 복 나간다."

내가 지팡이로 지석이가 달달 떨고 있던 다리를 툭 쳤다. 같이 하늘을 보며 넋을 놓고 있던 터라 피하지 못했던 탓에 녀석이 "앗!" 하고 움찔한다. 우리는 서로 이렇게 툭 치고 삭 피하며 어린애들처럼 장난을 친다. 지석이는 분하다는 듯 "크으……" 하더니 이내 킬킬 웃고 나도 웃는다. 저녁까지 물질을 한 해녀들도 모두 집으로 돌아가고 분주하던 선창은 이제 우리 둘만 남아 고요하다. 지석이가 가만히 말을 꺼냈다.

"할배한테 받은 돈…… 이제 꽤 많이 모았거든요."

나는 내심 알고 있었다. 왜냐면 지석이가 돈을 쓰는 것을 본 적이 없었기 때문이었다. 월급이라 해봤자 일한 날짜만 쳐서, 얼마 되지도 않는 푼돈을 저 일한 만큼만 꼬박꼬박 쥐여 주었을 뿐이다. 몸만 자랐지 속은 아직 어린아이니까 제 사고 싶은 것 사든지 먹고 싶은 것 먹는 데 쓰겠지 했더니, 악착같이 십 원짜리 한 장 안 쓰고 살뜰하게 모아서 제 기준에서는 꽤 큰돈이 되었나 보다. 5년이나 모았으니 그럴 만도 하다.

"그 돈 뭣에 쓸 테냐? 어린놈이 그렇게 돈을 아끼다가는 나처럼 꼬부라지고 나서 후회한다. 너 하고 싶은 것 해. 네 힘으로 번 돈 아니냐."

"헤헤……."

지석이가 말없이 웃는다. 이 녀석은 웃을 때 눈꼬리가 길게 늘어지는 것이 강아지같이 순해서 참 보기가 곱다. 그러더니 땅을 보고 작게 읊조리듯 한마디 한다.

"할배, 고맙소."

지석이가 습관대로 다음에 무슨 말을 하려다 만다. 나는 그

뒷말까지 다 알아들었지만 웬일로 지석이가 소리 내어 한마디를 더 덧붙인다.

"나 살려줘서."

곁눈으로 지석이를 보았다. 그렇게 부끄러웠는지 귀까지 분홍색이 되어서 보기가 안쓰럽다. 제 딴에는 저 한마디 덧붙이기가 얼마나 큰 용기가 필요했을지 생각하니 나도 울컥하여 울대가 뜨겁다. 먼 바다에서부터 연풍이 불어와 서서히 우리 둘의 더운 숨을 식힌다. 솟구치고 추락하며 파도 위를 날던 바닷새들도, 어느새 제 젖은 깃 모두 꺼내 말리고 주인 없는 섬의 풍경에 하얀 날갯짓을 더한다.

"……간지럽다. 그리고…….."

내가 어깨로 지석이를 쓱 밀어본다.

"선주님이라고 해라. 시건방진 놈."

"할배 보고 할배라 카는데, 뭐가 문젠가?"

우리는 서로를 보고 킬킬거리면서 웃는다. 밤의 장막이 섬을 뒤덮는다.

여섯.

"우리 같이 살래요?"

내 품에 안긴 그녀가 말했다. 연애도 사람 관계도 다 서툰 나를 위해, 그녀는 언제나 주도적으로 나를 이끌었고 먼저 다가와주었다. 이 여인과 함께 남은 인생을 살아가는 것이야말로 내가 상상할 수 있는 가장 멋진 드라마였다. 만약 그렇게만 된다면, 그렇게만 될 수 있다면 내가 지불하지 못할 가치는 아예 없었다. 그녀는 가진 것도 없고 심지어 절름발이이기까지 한 나를 사랑해주었다. 나는 그녀를 위해서 바다를 메우고, 수천수만의 모래산도 옮기리라고 이미 마음먹은 상태였다. 마음먹지 않아도 자연스레 그냥 그렇게 될 터였다. 그녀는 이미 나를 움직이는 가장 강한 동력이었다. 남자가 한 여자를 죽도록 사랑하게 되면, 그 순간부터 그는 자신을 위해 살지 않는다. 그리고 삶의 결정권 또한 우습게 주고, 다 줘버리는 것이다.

"결혼은…… 안 돼요."

유리잔들이 서로 쨍 맞부딪히며 불안한 소리를 냈다. 같이 마신 술잔을 치우며 호기롭게 결혼 얘기를 꺼낸 나에게 그녀는 처음 보는 낯빛을 보였다. 같이 사는 것은 괜찮지만 결혼은 안 된다.

설명하자면 긴 이야기가 있다. 사실 나에게는 헤어진 남편과 아이가 있다. 그런데 남편이 도무지 이혼을 해주려 하지 않아서 법적으로는 어쩔 수 없이 아직 부부관계에 있다. 아이는 고향에 계신 친정 부모님이 맡아주고 계시지만, 곧 데려와서 같이 살 수도 있다. 그래도 우리는 서로 사랑하니까, 이해해줄 수 있지요? 이해해줄 거지요? 당신이라면. 그녀는 혼자만 알고 있던 비밀을 털어놓는 사람처럼 둘밖에 없는데도 속닥거리며 이런 이야기들을 했다. 말수가 적던 그녀답지 않게 수다스럽고 미묘하게 목소리 톤도 한층 높아진 느낌이었다. 마치 그녀와 같은 얼굴의 전혀 다른 사람을 보는 것 같은 착각이 들었다. 나는 잠시 천장이 핑 도는 듯한 현기증을 느꼈다. 그녀는 내가 자신을 얼마나 사랑하는지 잘 알고 있었다. 내가 자기 부탁을 거절할 리 없다는 것도 잘 알고 하는 말들이었다. 물론 내가 그녀의 첫 남자는 아니었을 것이다. 과거는 상관없고 문제는 해결해나가면 된다. 그런데 알 수 없는 이유로 내 입술이 얼어붙었다. 그러자 그녀가 순간, 아주 짧은 순간이었지만 내 저는 다리를 힐끔 내려다보았다. 투명한 유리잔에 바삭, 실금이 가는 소리가 내 귀에 들려왔다.

"무슨 상관이에요?! 그 애는 내 자식인데!"

그녀는 다른 사람이었다. 아이에 대한 이야기를 물어볼 때면 그녀는 완전히 다른 사람으로 변했다. 그녀는 더 이상 내 품에 안기고 배시시 웃으며 내 옷매무새를 만져주던 여인이 아니었다. 내가 도저히 침범할 수 없는 다른 영역과 다른 시간에 존재하는 사람으로서 내게 번번이 그리고 불같이 화를 냈다. 나로서는 아이를 생각하지 않을 수 없었다. 언제 그 아이를 데려올 것인지, 만약 그렇게 해도 전 남편이 그것을 허락하겠는지 묻지 않을 수 없었다. 나는 그 아이를 본 적도 없지만 적어도 만약 데려오게 된다면 최소한의 아버지 노릇은 해볼 작정이었다. 그런데 그녀는 선 정도가 아니라 아예 시커먼 벽을 치고 상관하지 말라는 소리만 되풀이했다. 게다가 아이에 대해서 계속 묻는 것에 아주 진저리를 쳤다. 크고 작은 싸움들이 이어지고 나는 오래 지나지 않아 그녀가 아이를 데려올 생각이 아예 없음을 깨달았다. 돈을 더 벌면, 사정이 나아지면, 학교만 졸업하면 하는 것들은 전부 미루고 미루기 위한 핑계일 뿐이었다. 내가 아이의 존재를 모르는 체하고 그녀와 함께 살기 시작한다면, 그녀는 고향집에 두고 온 자기 아이를 점점 망각할 것이다. 명절에나 잠깐씩 얼굴을 보고, 죄책감을 덮을 수 있을 만큼의 돈푼이나 가끔 보내면서. 그리고 어쩌면 나와 또 아이를 가질지도 모른다. 그런다면 그 아이는 버려진 것에 더해 점차 잊히기까지 할 것이다. 그리고 어느 날에는 그 모든 상황이 당연해질 것이다. 아이는 실패한 결혼생활의 잔해가 되고, 부모에겐 자기 존재 자체가 걸림돌이라고, 스스로 느끼거나 눈치채게 될 것이다.

"내 과거 때문이에요? 당신도…… 나만큼 흠이 있잖아요!"

내 입안에서 모래가 씹혔다. 그녀에게 헤어짐을 말하려는데 첫 마디도 떼기 전에 그녀는 이미 내 할 말을 다 알고 있었다. 그녀는 무려 내 아픈 다리에 손가락질까지 해가며 나를 비난하고 손톱으로 할퀴어대듯 소리를 쳤다. 그녀의 한마디 한마디가 전부 유리 깨지는 소리처럼 들렸고 그 깨진 조각은 내 살과 폐부에 깊이 박히는 것 같았다. 그녀도 울고 나도 울고 어찌할 바를 몰랐다. 이다지도 고통스러운 것을 보면 여전히 그녀를 죽도록 사랑하고 있었다. 그러나 나는 그녀의 아이에게 희망을 배앗을 수 없었다. 그녀가 실제로 아이를 데리러 가든 그러지 않든 관계없이, 내가 그 희망의 숨통을 끊어버리는 존재가 되는 것을 도저히 스스로 용인할 수 없었다. 섬을 떠나고 몇 년 후, 겨우 세간살이를 마련하고 먹고살게 되었을 때 제일 먼저 한 일은 어머니를 찾아 나선 것이었다. 경찰서에 가서 사정을 말하면 잃어버린 가족을 찾아주는 창구가 있다고 하여 경찰서를 들락거린 적이 있었다. 집 나올 때 베껴 온 어머니의 성함과 주민번호를 가지고, 그러나 경찰들은 어린 나에게 난색을 표하며 이렇게 말했다.

"주소지나 전화번호를 찾아줄 수는 있는데…… 저쪽에서 본인이 원하지 않는 수도 있어서……."

당시의 미숙하고 순진했던 나는 어머니가 나를 만나려 하지 않을 이유가 없다고 착각했다. 그래서 억지로 사정해서 받아 나온 주소지를 들고 찾아가 길목을 서성거리면서 어머니와 마주

치기를 빌고 또 빌었다. 어느 주말을 반납하고 찾아간 골목 어귀에서, 어머니가 찬거리를 사 들고 멀리서 걸어오는 모습이 보였다. 나는 나도 모르게 전봇대 뒤로 숨어서 입을 틀어막고 있었는데, 어머니 손을 잡고 걷는 꼬마와 그 곁의 얼굴이 둥근 중년 남자 때문이었다. 아버지와 달리 그는 인상이 선해 보였고 한눈에도 어머니를 위하는 듯했다. 어머니는 내 기억 속의 모습보다 살도 좀 찌고 얼굴빛도 더 좋아 보였다. 솜털이 보송보송한 어머니 곁의 아이는 조그만 꽃신을 신고, 아장아장 예쁘게 잘도 걸었다. 그날을 마지막으로 나는 어머니를 찾아가는 일을 그만두었다.

　일곱.

　육지와 본섬, 우리 섬을 오가는 여객선은 월요일과 목요일에 들어왔다. 새로 살 배를 흥정해보려고 조합장에 들러 이야기를 나누고 나오는데, 익숙한 뒷모습이 선착장 대기실에서 어슬렁거리고 있는 것이 아닌가. 지석이었다. 배낭을 메고 한 손에는 짐 가방까지 챙겨 든 것이 어디 멀리라도 가는 모양새였다. 표정이 나빠 보이지는 않는데 무슨 일이라도 있는지 긴장한 기색이 역력했다. 앉았다가 일어났다가, 여기로 갔다가 저기로 갔다가 꽤나 정신이 없어 보였다. 나는 늙은이 특유의 낌새 없이 움직이는 능력을 발휘해 지석이 한쪽 어깨 뒤로 가서 섰다. 그리고 고개를 쑥 내밀며 말을 건넸다.

"집 나가냐?"

지석이가 깜짝 놀라 손에 든 짐 가방을 놓치더니 툭 떨어트렸다. 떨어지는 소리를 들어보니 제 가진 옷가지는 다 집어넣었는지 퍽, 하는 특유의 무거운 소리가 났다.

"아, 아이고 깜짝이야!"

지석이가 양손으로 제 가슴을 부여잡고 혀를 쑥 내미는 것을 보니, 집에는 말도 없이 정말로 가출이라도 하는 모양이었다. 그래서 제 조부모에게 잡히기라도 할까 봐 좌불안석하며 노심초사하고 있었던 것이다. 나는 불안한 기분에 지석이를 채근하기 시작했다.

"본섬에 가느냐? 이 짐 가방들은 다 무어냐?"

지석이가 씩씩하게 웃으면서 떨어트린 가방을 주워 올리고 바닥에 묻은 먼지를 탁탁 털었다.

"할배, 나 엄마 찾으러 가요."

그 말을 듣는 순간 내 마음속에 얼음처럼 차가운 바람이 휘일었다. 지석이 어미는 제 아이를 맡겨놓고 얼굴 한 번 비추지 않은 지 벌써 6년이 다 되어가고 있었다. 가끔 전화는 한다고 했다. 명절이나 지석이 생일 전후로 일 년에 한두 번, 그래도 어미라고 목소리라도 들으니 지석이 입장에서는 아주 포기할 수도 없었을 것이다. 아마 통화를 할 때마다 못 데리러 가는 이유로 늘 돈 핑계를 댔을 것이다. 그래서 순진한 지석이는 돈만 있으면 다시 제 엄마와 함께 사는 줄 알았던 것이다. 분홍빛 연한 손바닥이 온통 군살로 뒤덮이고 물집이 잡힐 때까지, 지석이는 열심히 잡일을 하고 온갖 뱃일들을 밤낮으로 거들었다. 그리고 그 대가로 내가 돈을 주었다. 마치 섬을 떠나 엄마 찾아가라고 등을 떠민 것처럼. 그렇게 곁에 두고 가까이서 보면서도 저 당연한 속마음을 까맣게 눈치도 못 챈 나 자신에게 벌컥 화가 치밀었다. 그래서 갑자기 언성이 죠금 높아져버렸나 보다.

"이놈아, 놓아줘라. 다 잊어버리고 그냥 네 인생 살어. 올 사람이면 기다리지 않아도 올 것이고 아니면 네가 찾아가봐야 도리 없다."

지석이가 처음 보는 내 태도에 당황했는지 말을 잇지 못했다.

나는 저 순진한 얼굴을 보고 있자니 지석이 부모에게도, 심지어 지석이 조부모에게도 부아가 치밀어 올랐다. 지석이는 영리하고 천성이 선한 놈이라 누구든 설명만 알아듣게 해줬다면 제 상황을 스스로 이해했을 것인데. 그런데 어른이라는 자들이 아무도 아무 말도 해주지 않았던 것이다. 버려진 아이의 손가락으로는 결코 다 셀 수 없게끔 되어 있는 열 밤이 백 번도 더 지나도록, 도저히 놓을 수 없는 희망을 혼자 줄곧 부여잡고 있었던 것이다. 그래서 지금의 사달이 났다. 나도 거기에 크게 한몫하고 만 것이다.

그때 여객선이 곧 출항함을 알리는 뱃고동 소리가 들려왔다. 앞으로 저 소리가 한 번 더 들리고 나면 배는 섬을 떠날 것이다. 나는 마음이 급해졌다. 지석이가 제 어미를 찾아가도, 결국 더 상처받고 다치기만 할 것이 뻔히 보였기 때문이다.

"할배…… 나는 그냥…… 엄마 찾으러 가는 거예요, 이제 돈도 충분히 있고……."

돈 소리를 듣는 순간 내 죄책감에 칼날이 박히면서 꽥 하고 소리를 치고 말았다. 선착장에 모인 사람들이 웅성거리면서 우리를 쳐다보는 시선이 느껴졌다.

"바보 같은 놈! 이 어리석은 놈! 세상 물정을 그렇게 모르냐! 내 말을 들어라, 헛소리하지 말고 여기 일이나 거들……."

"할배가 무슨 상관인데!!! 상관하지 말란 말이에요! 무슨 상관인데!!! 어차피 생판 남인데!!!!"

지석이가 나보다 더 큰 목소리로 울부짖었다. 짧은 순간인데도 눈꼬리가 젖어드는 것이 보였다. 그보다 지석이 얼굴이 엉망이었다. 내가 무슨 짓을 한 것일까. 이제 어떻게 해야 하나. 어떻게 해야…….

그때 두 번째 뱃고동 소리가 들려왔다. 지석이는 입술을 꽉 깨물더니 고개를 푹 숙이고 휙 돌아 여객선을 향해 뛰어가버렸다. 지팡이를 짚고 겨우 걷는 나로서는 달려가서 따라잡을 수도 없었다.

"지석아!!!!! 지석아 이놈아!!!"

나는 옆에 있던 의자에 털썩하고 주저앉았다.

지석이는 그렇게 가버렸다.

여덟.

한바탕 악몽 같은 일이 끝나고, 나는 황망하여 선창으로 돌아왔다. 집으로 갈 수도 없고, 집에 가서도 안 될 것 같은 기분이었다. 나는 버릇처럼 지석이와 함께 앉아서 낙조를 바라보곤 하던 구석 자리에 가 앉았다. 그곳에서 망망한 바다를 바라보고 있자니 속이 황혼처럼 타들어가는 것 같았다. 나는 지석이 어미를 생각했다. 부디 지석이한테 더 못 볼 꼴을 보여서 평생 남을 상처를 더해주지 않기를. 어쩌면 나와는 달리 모든 것이 좋게 풀릴 수도 있다는 생각도 했다가 그럴 리가 없음을 알고 상심에 잠겼다. 누가 내 목구멍 속에 무거운 닻을 떨어트린 듯이 한없이 안으로 침잠해가는 기분이었다. 담배를 피우고 싶었다. 연기라도 불어 속을 뱉고 싶었다.

내 어매는 악한 사람이 아니었다. 당신 속으로 낳은 아이를 깨끗이 잊고 웃으면서 편히 살 수 있을 만한 인물은 못 되는 여인이었다. 아마 평생 살면서 어느 날 어느 때고 지독히도 고통스러웠을 것, 받을 벌이 있다면 아무도 모르게 다 받았을 것이다. 어매는 악한 것이 아니라 약한 것이었다. 모든 곤란을 마주 보고 설 용기도 힘도 없었던 것뿐이었다. 나는 나이를 먹어서야 비로소 어머니를 이해했다. 갓 이십 대 초반이나 되었을 어린 여자가, 바다로 둘러싸인 감옥에서 맞고 살며, 의지할 가족도 친구도 없이 장애아를 키우며 느꼈을 고독이나 공포를. 그리고 자식을 버린 여자라는, 어매가 평생 혼자서 시달렸을 낙인 같은 죄책의 그림자가, 누구에게도 털어놓을 수 없는 죄의 꼬리표가, 어쩌면 파도처럼 들이치는 버려진 아픔보다 더 깊고 검을 수 있으리라는 것도 나이를 먹으면서 서서히 알게 되었다. 앎과 이해가 밀물처럼 차오르자, 원망과 미움이 오랜 세월 말라붙어 쩍쩍 갈라져 있던 그 드넓은 벌을, 용서로 뒤덮으며 흘러들어 결국에는 다 메웠다. 나는 평생에 걸친 오랜 세월을 들여서야 겨우 그 깊고 큰 물을 헤엄쳐서 건너온 것이다. 그런데 지석이는 아직 모른다. 감당 안 될 깊은 곳에서 허우적거리다 결국 제 눈물 속에 빠져버리고 말 것이다. 내 눈길이 닿지도 않는 어느 낯선 데에서 어린 것이 혼자 마주할 고통을 생각하니 심장이 조여오듯 아팠다. 처음 만났던 날 밤처럼 어리석은 짓을 하려고 들지도 모른다. 지석아. 나는 허공에 대고 그 아이의 이름을 불렀다. 지석아, 어디를 갔느냐. 이놈아.

아홉.

해가 아주 넘어갔다. 이제 뜨거웠던 한낮의 열기만이 한시도 출렁이지 않은 적 없는 바닷물 위에 얕게 드리워진 채로 남아 있을 뿐이었다. 풍랑주의보라도 있었는지 어부들이 분주하게 오가며 정박시켜 놓은 배들을 단단히 묶고 어구와 어망을 정리했다. 그들은 바쁘게 움직이고 모두 집으로 돌아갔다. 선창은 고요하였다.

저녁때가 지났지만 배가 고프지 않았다. 내 눈은 먼 바다 한 곳에 고정되어 있었다. 그들은 어느 날에는 아주 멀어 보였고, 어느 날에는 제법 지척에 있는 듯이 보이기도 했다. 그러나 나타나 보이는 시간은 늘 비슷했다. 태양이 가라앉고, 달이 떠오르는 시간, 밤의 만조에 가까워지는 시간, 늘 그즈음이었다.

나는 알지 못했다. 왜 선장님이 돌아가시기 전 그토록 자주 '바다 위의 두 사람'이 보이느냐고 묻던 것인지. 그런데 얼마 전부터 내게도 그들이 보이기 시작했다. 그들은 수평선을 기점으로 멀어졌다가, 다시 가깝게 보였다가 사라지곤 했다. 그 두 사람이 탄 작은 배가 결코 섬에 정박하는 일은 없었다. 그냥 그렇게 바다 위에 떠 있다가 언뜻 눈을 감았다 뜨면 사라지곤 했다. 그렇게 벌써 몇 달째 그들을 지켜봐 왔지만, 선장님처럼 사람들에게 묻고 다니지는 않았다. 선주가 치매가 왔다는 소문을 일으킬 필요는 없었기 때문이다. 또 나는 알고 있었다. 저 두 사람이 실재하지 않는 환상임을. 섬과 바다가 때가 다 된 노인에게만 보여주는 특별하고도 평범한 아름다운 거짓말임을. 나는 그래서 그들을 바라보기만 했다. 처음 느꼈던 놀라움도 호기심도 서서히 옅어지고, 선장님에 대한 그리움이 구름처럼 피어나는 일만 잦아졌다. 그들을 바라보고 있으면, 나는 땅콩이라 불리던 작은 소년으로 다시 되돌아가고 바람과 바닷새의 노래들 사이에서 선장님의 목소리가 들려오는 듯했다. 내가 고향 섬을 떠나 외지에서 한평생을 다 보내는 동안, 선창의 풍경도 많이 변하고 섬에는 학교와 병원과 가게들도 생겼다. 그래도 섬을 둘러싼 사방의 모든 것, 바다의 색깔과 하늘의 냄새, 바람의 질감 같은 것은 모래 한 알만큼도 전혀 변하지 않았다. 나는 거기 혼자 앉아 있었다. 저 먼 바다 위에는 두 사람이 있었다.

그때 무슨 일이 일어났다.

나는 놀라서 지팡이도 놓치고 자리에서 벌떡 일어났다. 바다 위의 두 사람이 탄 배가 선창 쪽을 향해서 점점 가까이 다가오고 있었다. 그들을 그 정도로 가까이서 보는 것은 처음이었다. 둘은 마치 조업을 하듯 작은 낚싯배 위에서 이리저리 움직이고 앉았다 일어섰다 하며 나름대로 분주한 모습이었다. 그런데 멀리 떨어져 있고 태양도 늘 그들 뒤로 드리워져 있어서 잘 보이지 않던 한 사람의 얼굴이 바다의 반짝이는 윤슬에 비쳐 한순간 드러나 보였다. 믿을 수가 없었다.

그는 선장님이었다.

나는 아슬아슬할 정도로 발돋움까지 해가며 부두 끄트머리까지 가서 섰다. 그들은 아직 거기 있었다. 다가오는 듯 멀어지는 듯하며 나를 향해 손짓하는 듯하며. 물론 그들은 이쪽으로 시선을 주지 않았고 나를 보고 있지도 않았지만 두 사람 중 한 사람은 정말 선장님처럼 보였다. 아니 분명히 선장님이 맞았다. 세월이 아무리 흘렀어도 한 번 그 얼굴을 다시 보는 순간 선장님에 대한 모든 기억이 어제 일처럼 되살아났다. 나는 그를 한 번도 잊은 적이 없었다. 더 이상 얼굴이나 목소리가 기억나지 않게 되었을 때에도, 정말로 그를 잊은 적은 한 번도 없었던 것이다.
"선장님…… 선장님!!"
나는 늙은 몸을 벗고 내 안에서 뛰쳐나가려 발버둥 치는 땅콩

이 되어 아이처럼 새된 소리를 질렀다. 들릴 리가 없었지만 그가 내 목소리를 알아듣고 나를 돌아보리라고 확신했던 것이다. 두 눈으로 똑똑히 보면서도 환상이며 헛것이라고 치부하던 지난 어제들이 파도처럼 흰 거품만 남기고 휩쓸려갔다. 나는 당장 그에게 가야 했다. 선장님을 만나서 다시 그의 땅콩이 되어야 했다. 평생 못 갚은 빚을 갚아야 했다. 그의 손을 잡아야 했다. 그가 아프다고 알려주어야 했다.

"선장님!!!!"

두 번째 외침에서 내 목소리는 다시 늙고 갈라진 노인의 목소리로 되돌아와 있었다. 바다 위의 두 사람은 조금씩 멀어지고 있었다. 나는 바닥에 떨어진 지팡이를 발끝으로 차버리고 선창에 정박된 배들 사이로 뛰어갔다. 내 배들은 늘 정박된 곳에 너무 단단하게 잘 묶여 있었고 그렇게 큰 배를 움직여서 빠르게 저곳까지 가기에는 힘들어 보였다. 갑자기 귀 언저리에 차가운 빗방울 하나가 떨어져 부딪혀 왔다. 문득 내 심장이 달리는 아이처럼 뛰는 게 느껴지고 다리의 고통이 사라진 것을 깨달았다. 그때 작은 낚싯배를 발견했다. 선장님이 나에게 남겨주셨던 배와 퍽이나 비슷한 작은 모터 배였다. 허술하게 묶인 밧줄을 풀고 그 위로 풀쩍 올라타는 것이 어렵지 않게 이루어졌다. 시동을 걸어보니 엔진이 웽 울었다. 나는 퍼뜩 선장님이 계신 바다 쪽을 바라보았다. 그들은 점점 멀어지면서 엄지손톱만큼 작아져가고 있었다. 나는 뒷생각은 하지도 않고 곧장 그 길로 배를 몰아 달렸다. 어느새 내리기 시작한 빗방울들이 바람을 타고 내 열띤 얼굴 위로 부딪혀 오며 목과 턱으로 맺혀 줄줄 흘러내렸다. 직접 배를 타고 바다에 나온 것이 얼마 만인가. 배는 파도를 넘으며 빠르게 달려나갔지만 출렁임이 심했다. 그런데 그 출렁임이 마치 내 몸속에 흐르는 운율처럼 놀랍도록 자연스럽게 느껴지는 것이었다. 나는 선창에서 멀어질수록 내리는 비에 동요해 거칠어지는 파도를 타고 달리면서 얼마 전의 작은 결심에 대해 떠올렸다. 지석이가 기관장이 되겠다며 내게 떠들어댈 때, 그 빛을 내며 반짝이는 두 눈을 볼 때 내 잃었던 꿈에 대해 깨달은 것이다. 그때 언젠가 할 수 있는 한 가장 멀리까지, 혼자서 배를 타고 나가보리라고 결심했었다. 그때는 그날이 언제가 될지는 몰랐지만 지금은 오늘 바로 이 순간이라는 확신이 나를 가득 채우고도 남아 넘쳤다. 나는…… 사실 나는 어부가 되고 싶었다. 누구보다 강한 바다 사내가 되고 싶었던 것이다. 내 아픈 다리를 보며 아무도 내가 제구실을 할 수 없다고 생각했고, 그 누구도 나를 자기 배에 태워주지 않았지만 선장님만은 달랐다. 그는 내 인생 최초이자 마지막으로, 같이 바다에 나가 보겠느냐고 내게 물어봐주었다. 그는 내게 꿈꿀 기회를 주었다. 방법과 그물과 배까지 주었다.

그러나 도망친 것은 나. 꿈을 버리고 포기한 것도 나였다. 나는 알 수 없는 미안함에 눈물이 났다. 그러나 마음은 처음 선장님과 배를 타고 바다로 나섰을 때처럼 충만한 감사로 넘치고 있었다. 지석이가 어린 두 눈을 빛낼 때마다, 나는 어쩌면 선장님의 눈과 마음으로 지석이를 보고 있었던 것일까? 선장님도 이토록 나를 가여워했던 것일까? 그래서 피 한 방울 안 섞이고 아무 관계도 없는 절름발이 아이에게 선뜻 손 내밀고, 꿈과 자립할 기술을, 도구며 배까지 다 남겨준 것일까?

주위는 완전한 밤. 깊고 검은 물들에 온 세상이 출렁이고 비는 어느새 세차게 내 머리 위로 쏟아부어지고 있었다. 바다는 화를 내고 있었다. 왜 너 따위 다리병신이 감히 바다에 나왔느냐고, 혹은 다 늙어빠진 노인이 되어 왜 이제야 나왔느냐고.

나는 비구름 사이로 달빛이 비칠 때마다 사방을 살피느라 어지러웠다. 분명히 이 근처 어딘가였는데. 선장님의 모습을 좇아 그대로 배를 내몰았는데도 아무것도 보이지 않았다. 배가 심하게 출렁였다. 파고가 점점 높아지며 바다 위로 떨어지는 굵은 빗방울들은 흔적도 남기지 않고 그대로 사라졌다. 그러나 나는 앞이 보이지 않는 폭우와 파도 속에서 두 발로 갑판을 디디고 섰다. 선장님이 내게 가르친 것은 조업의 기술뿐만이 아니었다. 출렁이는 바다 위에서 자기 두 발로 디디고 서는 법. 풍랑 속에 너울 치는 삶의 궤적 위에서도 자기 두 발로 딛고 서라는 의지였단 말이다.

휘청거리며 등 뒤로 몸을 돌렸을 때, 3미터는 되는 파도가 내 머리 위로 무너지며 배를 덮쳤다. 나는 구명조끼를 입고 있었지만 배가 뒤집히면서 억 소리 한 번 내보지 못하고 성난 파도 속으로 휩쓸려들고 말았다. 차갑고 깜깜한 소용돌이 속에서 내 멀쩡한 두 팔과 한쪽 다리는, 마치 땅 위에서의 아픈 한쪽 다리와 전혀 다를 바 없이 쓸모없었고 완전히 무력했다. 나는 물속에서 이리저리 내동댕이쳐지며 죽음을 기다렸다. 그때 소용돌이치는 바닷물과 전혀 다른 어떤 힘이 나를 쑥 당겼다. 다음 순간 내 폐 속으로 공기가 침입하며 삼킨 물을 다 토하게 만들었다. 선장님이 강한 힘으로 나를 건져 올려서 다시 배 위로, 생의 갑판 위로 끌어올려 놓은 것이다.

"할아부지……!!"

내 어깻죽지를 강하게 흔들며, 온몸에 얼어붙은 죽음의 공포를 부수고 전해져오는 사람의 온기가 느껴졌다. 그는 선장님이 아니었다. 환상도 유령도, 신기루도 착각도 아니었다. 내 눈앞에 있는 것은 죽은 사람이 아니었다. 그것은 살아 있는 지석이였다.

"할아부지…… 할아부지……."

놀라서 겁에 질린 가여운 아이. 내가 짠물을 뱉고 첫 숨을 마시자 지석이가 울었다. 불쌍한 것, 세상에서 가장 불쌍하고 사랑스러운 것. 그때 갑자기 어떤 깨달음이 젖은 나를 덮었다. 그 깨달음은 마치 달빛에 오래도록 말린 환상으로 짠 그물과도 같았다. 나는 내 평생을 오해해왔던 것인가. 선장님은 나를 동정하지 않았구나. 나를 불쌍하게 여겼던 것이 아니라…… 사랑해주었던 것이었구나.

나는 떨리는 손을 들어서 지석이의 말간 볼에 늙은 손을 가져다대었다. 뜨거운 바닷물이 지석이의 눈에서 흘러서 내 손등을 타고 뚝뚝 떨어졌다. 그 눈물은 바닷물처럼 짜지만, 데일 듯이 뜨겁다는 점에서 완전히 달랐다. 눈물은 사람의 마음속에도 큰 바다가 있다는 증거였다. 그러니 눈물도 바닷물처럼 짜디짠 것이리라. 나는 마음속으로 말하고 입으로도 말했다.

"미안하다, 지석아. 할배가 미안해. 울지 말어, 이놈아. 참 못생겼다."

열.

거짓말처럼 비가 그치고 바다는 다시 고요해졌다. 잠깐 지나가는 비구름에 풍랑이 일었고 달빛이 우는 아이를 달래듯 바다를 어르고 안아 다시 재운 듯했다. 내가 타고 나온 배는 저 멀리 뒤집어져 있고 나는 지석이가 타고 나온 배 위에 한참 누워 있었다. 지석이도 물속에서 휘말린 나를 건져 올리느라 용을 썼는지 내 옆에 털썩 몸을 붙이고 드러누웠다. 바다는 우리가 탄 배를 마치 요람처럼 잔잔하게 흔들었다. 그렇게 반 시간은 지나도록 우리는 누워서 달빛을 덮고 있었다.

"막상 육지에 내리니까, 어디로 가야 되는지도 모르겠고."

지석이가 하늘에 눈을 둔 채로 말을 던졌다. 닻별이 푸른 어둠 속에 서로 이어진 채로 깜박 거리며 제각기 다른 빛을 뿌리고 있었다.

"어슬렁거리다가 최 선장님 만나서 배 얻어 타고 다시 들어왔는데…… 저녁 먹고 선창에 나와 보니까 할배는 없고, 지팡이만 혼자 뒹굴고 있잖아요."

나는 얼굴에 번지는 미소를 숨기려 몸을 돌려 누웠다. 녀석은 내게 소리치고 대들었던 것이 마음에 걸려 육지에 내리자마자 다시 배를 타고 돌아와서는 나를 찾으러 다닌 것이다. 저렇게 착해빠져서 이 험한 세상 어찌 살까. 나는 가만히 지석이의 말에 귀 기울이고 있었다.

"선창에 사람은 한 명도 없고 저 멀리 보니까 할배가 혼자 배 타고 막 가고 있대, 아무리 소리 질러도 돌아보지도 않고. 비도

막 오기 시작하는데."

나는 지석이의 억울해하는 말투가 웃겨서 킬킬거리며 웃기 시작했다. 지석이는 내가 웃자 부아가 치미는지 더 목소리를 높였다.

"그래서 어떡해요, 보이는 거 잡아타고 나도 막 따라갔지. 비는 오지, 앞도 잘 안 보이지. 할배는 혼자 벌떡 일어서더니 갑자기 배는 홀랑 뒤집어지고."

별안간 무슨 마음에서 비롯된 것인지도 모를 정도로 큰 웃음이 내 입에서 터져 나왔다. 방금 전 물을 잔뜩 먹었기 때문에 웃음은 곧 기침 소리로 바뀌었지만, 껄껄하는 웃음소리가 마치 그 옛날 선장님의 웃음소리와도 비슷했다. 선장님은 내 안에 있었다. 아주 오랫동안 내 안에 함께 있었으니, 어쩌면 그리워할 필요도 없었던 것이다.

"……이제 돌아가자."

지석이가 배를 모는 동안 나는 무릎을 끌어안고 앉아서 선창을 바라보고 있었다. 점점 가까이 다가오는 선창의 노란 불빛들이 나를 해무 같은 상념 속으로 잠기게 했다. 그런데 부둣가에 어떤 두 사람이 서서 우리 쪽을 열심히 바라보고 있었다. 한 사람은 키가 큰 노인이었고, 그 곁의 한 사람은 아직 어린 소년 같아 보였다. 노인의 얼굴을 자세히 들여다본 순간, 갑자기 모든 것이 밝아지면서 나는 바다의 노래를 들었다. 그 사람은 노인이 된 지석이였다. 아무리 늙었다 해도 지석이 얼굴의 특징을 분명히 알아볼 수 있었다. 지석이 곁에 서 있는 저 아이는 지석이의 손주일까. 그리고 보니 어쩐지 처음 봤던 날의 지석이와 묘하게 닮아 보이는 데도 있었다. 그래, 그랬구나. 그랬구나. 나는 고개를 끄덕였다. 그랬던 것이구나. 그렇게 모든 것을 이해했다. 바다와 달, 섬이 함께 부르는 노래. 놀라운 마법. 선장님이 보고 말해주었던 '사람은 이해할 수 없는 환상'. 내 눈에서 뜨거운 눈물이 하염없이 줄줄 흘러내렸다. 내가 울고 있는 것을 보고 지석이가 배를 몰다 소리를 쳤다.

"할배, 나 이제 어디 안 갈게요, 할배 감시해야지!"

나는 눈물을 닦고 다시 선창을 바라보았다. 두 사람은 꿈결처럼 사라지고 이제 없었다. 나는 잠시 숨을 참았다가 할 수 있는 만큼 깊이 바닷바람을 내 안으로 들이마셨다. 내 평생 동안 이렇게 온전히 살아 있다고 느낀 적이 없었다. 나는 지석이에게 큰 소리로 되물었다.

"너 아까 전에, 나한테 뭐라고 했냐."

"뭔 소리예요?"

"아까 나 물에서 건져 올릴 때, 뭐라고 불렀잖냐."

"……몰라, 기억 안 나요."

"할아부지라고 했지?"

"……할배나 할아부지나!"

"할배보다 훨씬 듣기 좋구먼, 계속 그렇게 불러라."

"생각 좀 해보고요!"

"껄껄"

"하하하."

우리는 함께 웃었다. 나는 바람 속으로 시원하게 한마디 더 던졌다.

"시건방진 놈!"

열하나.

한동안 나는 바빴다. 배와 재산을 처분하고, 육지로 가서 공증인을 만나고 법적으로 복잡한 일들을 해결하느라 동분서주했다.

나는 지석이가 감당하지 못할 큰돈을 한 번에 주어서 오히려 그 애의 팔자를 망칠 생각이 없었다. 제 나이의 그릇에 맞게, 예를 들자면 저놈이 대학을 갈 때, 아니면 첫 배를 살 때, 또 장가를 갈 때, 그래서 저를 똑 닮은 아이를 낳을 때, 그 아이가 커서 학교에 갈 때, 그 애가 다 자라서 대학을 갈 때, 또 그 아이가 자라 결혼을 할 때, 그래서 지석이 품에 손자를 안길 때에 나누어 나의 유산이 조금씩 지급될 수 있도록 철저하게 공증하고 수십 장의 서류에 도장을 찍었다. 그 일들을 며칠에 걸쳐 모두 마친 다음, 늦은 밤이 되어 나는 오래된 여인숙의 좁은 방에 누워 있었다. 쿰쿰한 냄새가 나는 작고 낡은 방 천장에서, 마치 영화처럼 지석이의 앞으로의 삶과 여정이 마치 파노라마처럼 펼쳐 보여졌다. 지석이는 살아갈 것이다. 나는 못 해보았지만 지석이가 나 대신 다 해보고 다 살아볼 것이다. 그 믿음에 한 점 의심도 없었다. 그 날 바다 위에서 본 두 사람은 참말 늙은 지석이와 지석이 손주가 맞았고 떠올려볼수록 선명하게 맞고 또 백번 맞았다. 지석이가 물귀신이 될 뻔한 나를 살렸으니, 노인네가 목숨값을 갚는다고 생각하면 아예 못 받을 돈도 아닐 것이다. 그날 나는 난생처음 웃으면서, 까무룩 길고 깊은 잠에 푹 빠져들었다. 이렇게 잠들었다가 다시 못 깨어날 수도 있겠다 싶을 정도로, 평생의 고단함을 하룻밤 만에 다 씻어줄 만큼 아주아주 깊고 곤한 잠에.

여객선에서 내리자 지석이가 신발 소리를 탁탁 탁탁 내며 나를 향해 뛰어왔다. 며칠 동안 언제 돌아오나 하고 계속 기다려준 모양이었다. 톡 튀어나온 이마가 노을빛을 머금은 듯 금빛으로 예쁘게 반짝거렸다. 평생 모은 돈이나 재산보다, 저것이 진짜 내

보물이구나, 하고 읊조렸다.

"할배! 지팡이 이리 주고 업히소."

지석이는 나를 보자마자 대뜸 지팡이부터 빼앗아갔다. 나는 짐짓 반갑지도 피곤하지도 않은 체하며 평소처럼 호통을 쳐보았다.

"뭔 소리냐, 업히긴 누가 업혀."

지석이가 내가 업히기 편하도록 허리를 굽혀 쭈그려 앉더니 지지 않고 버럭 짜증 내듯 대꾸했다.

"아이, 내가 편하려고 그래요, 내가!"

"허 참, 건방진 놈……."

나는 투덜거리면서 별수 없이 지석이 등에 얌전히 업혔다. 지석이는 언제 이렇게 자랐는지 나를 봇짐 하나 둘러메듯 가볍게 업고 척척 선창을 걸어 나가 골목으로 접어들었다.

"지석아, 내일 축구하자! 어……."

어느 집 대문에서 빼꼼 나온 얼굴이 지석이 등에 업힌 나와 지석이를 한 번씩 번갈아 보았다. 지석이 학교 친구인 모양이었다. 그러자 지석이가 툭 던지듯 한마디 했다.

"우리 할아부지다, 인사해."

"아, 안녕하세요, 할아버지. 안녕히 가세요~ 내일 보자, 지석아."

"그래."

친구는 꾸벅 인사를 하더니 다시 제집 대문 속으로 쏙 사라졌다. 나는 지석이 등에 업혀 기분 좋게 흔들거리면서 마치 갓난아기라도 된 양, 다시 졸음이 쏟아지는 것을 느꼈다. 살면서 이놈을 만나, 할아부지 소리를 다 들어보는구나. 섬에 돌아오기를 참 잘했구나. 우리 지석이가 언제 이렇게 컸을꼬. 지석이 등판이 어찌 이리 넓을꼬.

내가 온갖 상념에 빠지며 노곤하게 눈이 감길 때, 지석이가 가만히 내게 한마디 말을 건다.

"할배, 자요?"

쓰
고
부
르
는
사
람

　가끔 그런 때가 온다. 어떤 글도 쓸 수 없고, 어떤 노래도 부를
수 없는 때가. 사실 '그런 때'는 계절처럼 정해진 주기를 순환하
며 반드시 온다. 그러면 여름밤 내내 울던 풀벌레 소리도 멎고
소복하게 눈 내린 설경의 고요함처럼 모든 싸움도 멈추고 나의
세상은 호젓한 침묵으로 변한다. 그 가운데서 나는 일부러 노래
를 쓰려고 애쓰지 않는다. 겨울잠을 자는 짐승처럼 아늑한 둥지
를 찾아 몸을 둥글게 말고 거기 가만히 파고들 뿐이다.

　억지로 노래를 쓰려고 애쓰는 것은 나의 경우에 어리석은 일
이다. 몇 년 전까지는 잠에서 깨면 아무것도 먹지 않은 채 오후

다섯 시까지 줄곧 피아노 앞에 앉아 있곤 했다. 그러다 하늘이 붉어지면 뭐라도 먹고 각기 다른 퍼즐 상자에서 꺼내 온 것 같은 노래의 조각들을 이어 붙이다가 자신의 부족함에 한탄하며 지친 채 잠드는 생활의 연속이었다. 나는 나를 돌보지 않았다. 주위 사람들은 내가 노래를 술술 잘도 써낸다고만 생각했다.

이십 대의 내 눈앞은 언제나 안개 속이었다. 차마 그만둬버릴 수도 없는 이유는 흐릿하지만 무언가 보이는 것처럼 느껴졌기 때문이다. 수없이 찢어버리고 다시 꿰매어 놓는 파괴와 창조의 연속적인 반복 끝에 지금은 나의 삶이 노래를 쓸 수 있는 시간과 없는 시간으로 직조되어 있다는 것을 알았다. 해내지 못한 삶의 시간 또한 무언가를 해낸 시간과 동일한 총체성을 가진다. 빈 여백과 아름답게 채색되는 범위를 오가며 아름다운 무늬의 한 폭의 천을 짜내기 위해 우리 모두는 그렇게 평생의 시간들을 씨실과 날실 삼아 그려 넣고 있는 것이다.

'현대인들은 직업에 지나치게 헌신한 나머지 직업과 자신을 동일시하기도 하며, 직업을 잃으면 자아 정체성까지 잃게 되기도 한다'는 글을 읽었다. 덜 여문 시절의 나는 늘 직업적 존재 증명에 목을 걸고 있었고 '노래를 쓰고 부르는 삶'에 나의 존재 이유가 있다고 믿었다. 그래서 작은 돌부리에 걸려 비틀거릴 때마다 마치 '죽을 것 같다'라고 느끼거나 연속된 실패를 겪을 때면 이따금 '죽고 싶기도' 했던 것이다. 지금은 그러한 어리석음과 무구했던 열정에 감사하면서도 그와 같은 방법으로 자신을 불속에 밀어 넣지는 않는다. 아무리 아름다운 불꽃이라도 다 타고나면 재만 남는다는 것을 겨우 알게 되었기 때문이다.

속상한 일이 있어 더운 마음을 안고 밖을 걸었다. 늘 동행하는 이가 있었는데, 아주 오랜만에 혼자 가진 세 시간가량의 솔리튜드(Solitude)였다. 십 대 때는 먼 거리를 혼자 걷는 일이 매일 있었고 나는 종종 걸으면서도 많은 곡을 쓰곤 했다. 최근 몇 년 동안은 모두 방 안에서 만들어진 노래들뿐이라는 생각이 들자, 나는 또 어느샌가 노래를 써보려는 시도를 하고 있었다. 코드의 진행에 대해서 생각하고, 가사의 구조, 노래의 필요에 대해서 생각하면서 두 시간쯤 걸었다. 꽤 멀리 왔다고 생각됐을 때 다리가 아파서 잠시 벤치에 앉았는데 걸어온 길의 모습이 전혀 생각나지 않았다. 그 모든 풍경을 전부 놓친 것이다.

어디선가 멀리 떨어져 있는 절에서 범종을 울리는 소리가 번져왔다. 누군가가 시각을 알리기 위해서, 매일 어딘가에서 종을 울리고 있는 것이다. 생각의 소음이 멎자, 내 오른편에서부터 처음 들어보는 이상한 소리가 꽤 크게 들려왔다. 얼어붙어 있던 한 강의 얼음들이 녹아서 부서지면서 자기들끼리 몸을 부딪히는 소리였다. 얼음은 끊임없이 바스러지는 소리를 내며 강 하류를 따라 천천히 흘러갔다. 핸드폰을 꺼내 녹음을 해봤지만, 녹음된 소리는 실제로 듣는 소리와 많이 달랐다. 등 뒤에서는 아득한 종소리가, 오른편에서는 얼음이 부딪히며 흘러가는 소리가, 왼편에서는 새 수십 마리가 큰 수풀 속에서 높고 낮은 제각기 목소리로 우짖으며 밤을 준비하고 있었다.

나는 한동안 거기 서서 마음을 끄고 그들의 노래를 들었다. 순식간에 하늘이 어둑해졌고 희미했던 흰 달도 점점 금빛을 띠었다. 돌아오는 길에는 낙상홍의 몇 알 남지 않은 붉은 열매와 밤이 덮은 들녘에 내려앉는 하얀 백로 한 쌍도 보았다. 그러자 문득 7년 전쯤에 만들어두고 새카맣게 잊고 있던 노래 하나가 갑자기 생각났다. 흥얼거리며 돌아오는 길 위에서 결심하기를, 꼭 그 노래를 완성해 나의 다정한 사람들에게 들려줄 것이라고. 그 노래는 눈물겹고 강하고 아름다웠다. 현재의 나와 당신 모두에게 어쩌면 따뜻한 필요로 쓰일 수도 있을 것이다.

때가 되면 창문이 열리고 모든 감각이 일어나서 춤을 추는 때가 온다. 그때가 되면 나는 이제 새로운 노래를 쓸 때가 이른 것

을 안다. 길을 걷고 있어도 머릿속으로 글이 쓰이고 잠을 자면서
도 온갖 멜로디를 듣는다. 노래들이 내 안에서 나오려고 아우성
일 때, 나는 단지 귀 기울여 그들을 묶고 나누거나 혹은 정신없
이 받아 적곤 한다.

믿고 기다려야 한다. 그러한 때는 반드시 오고, 그러려면 죽
어 있지 말고 삶을 살아야 한다. 자신의 소리에 귀가 멀거나 자
기가 욕망하는 모습에 눈이 멀어버려서는 안 되는 것이다.

올해 들어서 글을 써보기 시작했다. 나는 사실 수필보다는 이
야기 쓰는 걸 더 좋아하는데, 〈환상소곡집 op.2 [ARIA]〉에서 앨
범 한편에 부끄럽게 선보였던 50페이지가량의 단편소설 〈바다
위의 두 사람〉이 내가 좋아하는 글쓰기의 형식에 조금 더 가까
울 것이다. 어쩌면 그 이야기는 내가 처음 선보인 텍스트적 결과
물인 데 비해 너무 슬픈 이야기였던 것일지 모르겠다. 그러나 인
간 감정의 양극단은 서로 맞닿아 있다는 나의 경험적 믿음에 근
거하여, 나는 또 그런 이야기들을 쓸 것이다. 그리고 언젠가 그
것들을 모아 한데 엮고 싶다. 할 수 있다면 거기에 아름다운 노
래들도 함께 짝지어주고 싶다.

가진 능력보다 더 많은 꿈을 꾸는 것은 아닌가 하는 두려움은 삶의 어떤 감각보다 더 실존적으로 다가오곤 한다. 그래도 나는 무던하게 높은 꿈을 꾸고 자신의 미약함을 깨닫기를 반복한다. 우리의 삶을 전체화했을 때 해내는 것보다 하는 것 자체가 더 중요하고, 결국은 밟아서 디딘 땅만이 길이 되기 때문이다. 그래서 지금도 모자란 글을 쓰고 또 쓴다.

　　지금의 나에게 있어서는, 글을 얼마나 멋들어지게 쓰는지 아닌지는 중요하지 않다. 그 안에 전하려는 의지가 있는지 없는지가 바로 모든 것이며 처음이자 끝인 것이다. 나의 노래는 혼잣말인가 아니면 누구를 향한 절박한 외침인가. 내게서 쏟아진 글자들은 부르는 이름인가 아니면 대답하는 소리인가. 이 모든 것은 물음인가 아니면 화답인가. 나는 노래와 글로써 나 자신이 아닌 누구에게 무엇을 어떻게 전하고 싶은 것일까.

　　'나는 어떤 노래인가. 나는 어떤 글인가.'
　　나 같은 사람의 싸움은 이런 데 있다. 스스로를 '쓰고 부르는 사람'이라고 소개하기 위해서 어쩌면 당연히 해야 하는 물음들인 것이다. 나에게 친밀하며 나를 즐겨 '들어'주는 당신은 가끔 내가 무슨 생각을 하며 어떻게 곡을 쓰는지 궁금해했을지 모른

다. 그래서 여기에 내 생각의 가장자리를 조금 벗어둔다. 오늘은
당신이 나를 '읽어'주어서 기쁘다. 그 비할 데 없는 기쁨을 원천
으로 하여, 나는 솟는 샘물처럼 또 쓰고, 또 부를 것이다.